Norman Lance

CONEXÕES

Quando se ousa
romper as fronteiras
da mente...

Planeta

CONEXÕES

Revisão: Gisélia Costa e Adriana Oliveira
Capa: Osmane Garcia
Imagem da capa: Silvestre Machado / GettyImages
Nick Veasey / GettyImages
Projeto de miolo e diagramação: Printmark Marketing Editorial

Dados Internacionais de Catalogação na Publicação (CIP)
(Câmara Brasileira do Livro, SP, Brasil)

Lance, Norman
Conexões : quando se ousa romper as fronteiras da mente -- / Norman Lance. -- São Paulo : Editora Planeta do Brasil, 2011.

ISBN 978-85-7665-621-0

1. Ficção brasileira I. Título.

11-05143 CDD-869.93

Índices para catálogo sistemático:
1. Ficção : Literatura brasileira

2011

Editora Planeta do Brasil Ltda
Avenida Francisco Matarazzo, 1500 - 3° andar - conj. 32B
Edifício New York
05001-100 - São Paulo - SP
www.academiadeinteligencia.com.br
www.editoraplaneta.com.br
vendas.academia@editoraplaneta.com.br

"O TODO é MENTE; o Universo é Mental."
Corpus Hermeticum

"Em uma questão de poucos anos, a TNA irá oferecer uma solução segura, saudável e sem efeitos colaterais para condições mentais que hoje são tratadas com drogas pesadas."

Boris Dortman
Vice-Presidente da TNA
In Quaternário de Biociências, nov., 1999

PARTE 1

CAPÍTULO 1

Março de 2001

O toque do telefone rompeu o silêncio da madrugada. Apesar do horário, Adrian estava acordado, debruçado em um dos mais intrigantes livros do mundo ocidental, o *Grimorium Verum*. A verdadeira origem do livro é discutida ainda hoje. Acredita-se que foi escrito em algum ponto do século 13 por um certo Alibek, egípcio, e publicado no Cairo. O *Grimorium Verum* é tido como um dos livros mais atrozes do gênero, em especial devido ao ritual de necromancia descrito em detalhes. E era justamente isso o que mais atraía Adrian. Ele tinha grande interesse nas ciências antigas, na forma como os conhecimentos mais diversos – como os da Goetia, da magia, dos sutras hindus ou das revelações dos sufis – poderiam se relacionar com a ciência moderna. Alguns pensadores mais extremados chegam a afirmar que a ciência moderna nada mais é do que a redescoberta de tudo aquilo que já está escrito em tratados místicos. Os seguidores dessa linha de pensamento têm fortes evidências. Os Vedas, por exemplo, milênios antes de filósofos europeus calcularem erroneamente a idade da Terra com base em relatos bíblicos, já afirmavam que o universo era composto de inumeráveis planetas e tinha bilhões de anos. O Princípio da Vibração, contido no *Caibalion*, um texto que remonta ao Antigo Egito, postulou algo que só viria a ser afirmado pela física quântica: a vibração inata de tudo que existe. Descobertas feitas com base na relatividade foram antevistas em escrituras *zen*, e milhares são as evidências que surgem a cada dia.

Ainda que Adrian não acreditasse que a ciência estava apenas revelando antigos segredos usando uma outra linguagem, ele procurava estabelecer paralelos entre as suas pesquisas neurológicas e métodos encontrados nas diferentes culturas, como Inca, Tolteca, Suméria, Persa e Dravídica. Apesar de ser um homem da ciência, dividia-se entre a metodologia científica exata com o estudo de ocultismo e mitologia.

Adrian levantou-se apenas devido à persistência do toque, que estava na quinta vez. Odiava ser interrompido durante os estudos, em especial numa noite em que se sentia inspirado e as palavras que lia pareciam mais claras do que nunca.

Ao olhar no visor do telefone, viu um número que lhe gelou os ossos. Atendeu sem demora. Sua voz saiu trêmula, insegura, quando disse *Alô!*

Do outro lado da linha estava o vice-presidente e efetivo controlador de uma das maiores empresas de novas tecnologias do mundo, a TNA.

– Doutor Adrian Loth? – Disse Boris Dortman num tom sombrio.

– Sim. Algum problema, senhor?

– O hangar 23 está em chamas. – E desligou.

Aquela era uma mensagem simples: Adrian deveria se dirigir imediatamente para uma reunião de emergência. A mensagem indicava que a TNA fora atacada. Não havia nenhum hangar 23, aquele era um código, e o mesmo valia para "incêndio", que significava *ataque*.

Adrian tentou imaginar o que poderia ter acontecido. A primeira hipótese que lhe cruzou a mente foi que algum *hacker* havia invadido o sistema da TNA e... não ousou completar o pensamento. Em menos de dois minutos estava no carro, dirigindo em alta velocidade para a sala de reuniões. No caminho, continuava a imaginar exatamente o que acontecera. Um ataque físico seria impossível. Ninguém poderia se infiltrar nas dependências da TNA, que era uma verdadeira fortaleza. Era até ridículo imaginar algo assim. Mesmo com a ajuda de alguém do lado de dentro, não havia como passar por um dos esquadrões de segurança mais severamente treinados, que tinha ao seu dispor a mais avançada tecnologia, e ainda era supervisionado pessoalmente por Boris, um homem conhecido por seu perfeccionismo.

A outra opção era um ataque virtual. Apesar de ter ao seu dispor uma equipe de ***hackers*** que estava continuamente testando e incrementando a segurança da empresa, todos sabiam que um ataque virtual poderia vir a qualquer hora, de qualquer parte do mundo e de qualquer pessoa. Esse é o dilema das grandes empresas atualmente. Os computadores são vitais, seria impossível armazenar todas as informações num arquivo tradicional, quanto mais criar um meio de acessá-las rapidamente. Mas, igualmente, eles podem ser a causa da destruição de qualquer um. Arquivos secretos, estratégias, dados internos podem, de uma hora para outra, tornar-se públicos.

Se o ataque virtual realmente aconteceu, as questões eram: quanto ele revelou? Quem estava por trás dele? E o que mais importava para Adrian: o Projeto Nova havia sido invadido?

Tudo indicava que sim, pois, do contrário, não teria sido chamado. Ao imaginar que o projeto, uma das coisas mais valiosas de sua vida, estava em perigo, Adrian tremeu, sua garganta ficou seca, e temeu o pior.

Havia mais. Quando Adrian se aproximava da sede da TNA, o celular tocou. Mas não foi o celular convencional. Era um telefone especial, que deveria estar ligado 24 horas por dia, 365 dias por ano, e durante os últimos dois anos Adrian sempre esteve com ele. Apenas uma pessoa tinha o seu número, e Adrian não podia fazer nenhuma ligação ou falar, apenas ouvir.

O celular tocou uma segunda vez. Adrian parou, estava a menos de um quilômetro da sede da TNA. Atendeu. Ficou em silêncio. Do outro lado da linha uma mulher disse com firmeza:

– Os astros estão caindo.

A mensagem, também em código, o deixou ainda mais perturbado. Agora estava claro que o Projeto Nova fora atacado. Mais do que isso, um projeto paralelo, ultrassecreto, que fora implantado no seio da TNA sem que ninguém além de Adrian e daquela mulher soubessem, também estava em perigo.

Em menos de vinte minutos, dois telefonemas o colocaram diante de um verdadeiro pesadelo. Se fosse descoberto, a repercussão destruiria sua imagem, reputação e poderia colocá-lo na cadeia.

O desespero venceu a calma que sempre tentava manter. Num gesto impensado, pegou o celular e ligou de volta.

– O que vamos fazer? Fomos descobertos, temos que fugir! – Exclamou.

Do outro lado da linha ouviu apenas uma respiração pesada e uma resposta cheia de ódio.

– Seu tolo!

Ele concordou em silêncio, jogou o telefone para o lado e acelerou para a sede da TNA.

CAPÍTULO 2

Em 1948, Norbert Weiner publicou um livro, *Cibernética*, dizendo que a comunicação neurológica e a teoria de controle já estavam sendo usadas em pequenos grupos.

Em 1946, eletrodos foram implantados no crânio de bebês sem o conhecimento dos pais nos Estados Unidos e na Suécia. Entre 1950 e 1960, década em que as operações começaram oficialmente, animais e seres humanos tiveram componentes eletrônicos instalados em seus cérebros. Técnicas de Controle da Mente (***mind control***, MC) foram usadas para tentar mudar suas atitudes e comportamento. Influenciar o cérebro se tornou um importante objetivo dos serviços secretos e do exército.

Em 1973, o Primeiro Ministro da Suécia, Olof Palme, deu permissão para que fossem realizados implantes cerebrais em prisioneiros (a tecnologia utilizada pode ser encontrada no relatório nacional 1972:47). Prisioneiros usados nos experimentos têm sido encontrados também na Áustria, aparentando evidentes lesões cerebrais, diminuição da circulação sanguínea e falta de oxigênio no lobo temporal direito do cérebro, onde muitos implantes ocorrem.

Em 1980, Yoneji Masuda, o pai da "sociedade da informação", declarou que a nossa liberdade estava em perigo devido a uma tecnologia pouco conhecida pelo grande público: a cibernética. Ela poderia ligar através de eletrodos e ***microchips*** o cérebro humano a satélites controlados por supercomputadores.

Trinta anos atrás, as partes eletrônicas mediam alguns centímetros. Hoje, elas são menores do que um grão de arroz, quase impossível de serem detectadas. Após implantadas, elas enviam impulsos para um computador, que poderá transmitir novas informações. O operador do computador pode enviar mensagens eletromagnéticas que afetam a pessoa. Pessoas saudáveis podem ser induzidas a ter alucinações, ouvir vozes, sentir dores musculares, enjôos e ânsia de vômito. Pode-se, usando diferentes frequências, até mesmo alterar a vida emocional de uma pessoa, tornando-a mais agressiva ou mais calma.

Baseado no artigo *Mind Control And Cybernetics*, da revista SPEKULA, 3º quaternário, 1999. Uma publicação dos estudantes de medicina e doutores da Oulu University – OLK; Finlândia.

A segurança já esperava por Adrian. Eles perceberam que algo estava errado, mas ninguém sabia exatamente o que era. Como sempre, apenas Boris tinha total conhecimento do que se passava.

– Boa noite, doutor Loth.

– Boa noite.

Identificador de retina, digitais, voz, detector de metais e raio X – este era o protocolo para entrar na Torre Éirich, a sede da TNA.

– Obrigado. Pegue o elevador central, nós vamos direcioná-lo. Tenha uma boa noite.

O elevador não tinha números. Era grande, adornado com almofadas de pelica e um espelho no estilo vitoriano que contradizia o ambiente *high-tech* da torre. Os seguranças apertaram os controles da estação central e direcionaram o elevador para o andar -2. Nem mesmo Adrian sabia ao certo quantos andares a torre tinha, e aquela era a primeira vez que ia ao subterrâneo.

O andar era um longo corredor. No final havia uma porta dupla com uma placa: "Sala de Reuniões Internas – Acesso Restrito". Seus passos eram pesados. Sentia o peso do mundo em seus ombros. *Será que Boris descobriu sobre o projeto Anã Branca?* Pensava. *Será que a reunião é apenas um pretexto para me trazer aqui?*

Na sala havia uma enorme mesa arredondada na qual estavam sentados Marcel Nasser, cirurgião e especialista em sistemas microelétrico-mecânicos (SMM) e a psiquiatra Leida Novaes. Boris estava em pé, com os braços apoiados na mesa. Tinha os olhos vidrados, a expressão ainda mais amedrontadora do que o normal. Saudou Adrian friamente.

Minutos depois, Eugênia Constante, a líder do Projeto Nova e conceituada biocientista, abriu a porta e disse:

– Tomas está passando pela segurança.

Boris olhou para o relógio e resmungou:

– Já deveria estar aqui.

Sentado mais ao fundo, vestindo calça jeans gasta, camisa preta e boné nada atraente, estava o chefe da segurança eletrônica, um ***hacker*** que gostava de ser chamado de X3. Apesar da aparência desleixada, os modos rudes, era um gênio da informática. Desenvolvia modelos de segurança virtual que valiam milhões.

Tomas Urman entrou e disse jovialmente:

– Bom dia! Mas que horário para uma reunião!

– Sente-se, doutor, não temos tempo a perder.

Boris Dortman contornou a mesa, trancou a porta e começou a falar:

– Nossos sistemas foram atacados por volta de 2:40 da manhã, cerca de uma hora atrás. – Enquanto Boris falava, X3 se encolhia na cadeira, ficando cada vez mais envergonhado. – Não temos pleno conhecimento de quais informações vazaram, mas ao menos uma parte dos arquivos do Projeto Nova foram atacados.

– Isso quer dizer que perdemos os registros ou o quê? – Perguntou Tomas.

– Não. Obviamente, temos cópias de segurança de todos os dados. O problema é que alguém teve acesso a eles e talvez saiba detalhadamente do que tratam.

– E isso poderia ser vendido para uma empresa rival.

– Ou ainda pior: parar nas mãos da imprensa. As informações podem destruir a TNA e todos aqui nesta sala. – Boris replicou.

– Algum outro projeto foi atacado? – Adrian perguntou.

– Talvez. Nossa equipe está trabalhando nisso, mas é difícil saber exatamente o que vazou. Será necessário tomar atitudes drásticas para combater esse perigo. Dra. Eugênia, por favor.

Ela puxou da pasta algumas folhas, raspou a garganta e disse:

– A melhor opção agora é nos tornarmos públicos. Atacarmos antes de sermos atacados, acabar com a arma que o nosso adversário tem: a surpresa. O grande risco que corremos é vermos o projeto aparecer de uma forma deturpada em todos os jornais.

– Esse é apenas um dos perigos. – Tomas interrompeu. – E quanto à patente dos componentes eletrônicos? Com os dados certos, qualquer um poderia copiar o meu, quero dizer, *o nosso* eletrodo.

– Essa é uma das nossas preocupações, mas você sabe que, mesmo se alguma empresa rival pegasse esses dados, levaria tempo para recriar o eletrodo. É justamente isso que estou dizendo que temos que evitar, a surpresa. Vamos divulgar, mostrar o que fazemos. – Disse Eugênia.

Leida estava incomodada. – Realmente acha possível convencer o público de que o que fazemos é certo? Dirão que somos loucos!

Boris respondeu:

– Sua observação é infeliz. Não continue nesse tom.

– As pessoas em geral, – retomou Eugênia – têm uma postura muito conservadora em relação ao que estamos fazendo. Não entenderiam nossas intenções, o que vamos dar a eles. Por isso, como líder do Projeto Nova, proponho que iniciemos uma campanha para mudar essa atitude. Escrevi um discurso que será enviado a todos os meios de imprensa assim que esta reunião terminar. Em seguida, de acordo com a recepção, iniciaremos uma intensa campanha de lapidação da nossa imagem. Ouçam com atenção:

> "Na era atual, a tecnologia dita o modo como as pessoas vivem. Porém, a maioria não sabe como a tecnologia que soluciona os problemas do mundo é desenvolvida. E esse desconhecimento pode gerar alguns preconceitos. O trabalho do cientista não é só criar as ferramentas para um melhor amanhã, mas também mostrar em que consiste o seu trabalho.

Já há muitos anos é possível instalar no cérebro humano minúsculos eletrodos que ajudam a desempenhar as mais variadas funções, como prever um ataque epilético, reconstruir tecidos cerebrais danificados, comunicar-se com um computador à distância, ou mesmo desenvolver o talento artístico das pessoas. Essa é uma tecnologia que já existe! Desde 1960, eletrodos têm sido implantados em pacientes para curar certos tipos de distúrbios. É apenas o obscurantismo, a ignorância e campanhas negativas por parte da imprensa que impedem essas tecnologias de chegarem ao grande público.

Nós vivemos a era das revoluções. Em um século, criamos aviões que cruzam um continente inteiro em questão de horas, redes de telefonia que conectam todo o globo, cruzamos a fronteira do espaço, manipulamos genes e átomos. Por que não nos voltarmos agora para o centro de tudo isso, a mente humana? Por que, ao invés de apenas aprimorar nossos equipamentos, não refinamos também o nosso cérebro? Todos sabem que usamos apenas uma minúscula parte da nossa mente, chegou a hora de mudar essa realidade. É hora de acabar com o ceticismo, com valores morais atrasados e trazer o futuro para o presente.

Há dois anos, a TNA iniciou um programa com um objetivo bem claro: aperfeiçoar a técnica de implantes de eletrodos para tornar a exploração da mente possível. No passado, esse procedimento tinha várias inconveniências. Os eletrodos eram incapazes de sentir os impulsos elétricos por mais do que alguns meses devido às mudanças na pressão sanguínea, ao crescimento de tecido ao redor e à morte dos neurônios que emitiam o sinal. Nós solucionamos esses problemas por meio de um mecanismo que permite aos eletrodos se deslocarem minimamente para achar os sinais mais fortes sem danificar o tecido cerebral.

Outro problema que solucionamos foi a energia para alimentar o eletrodo. Em vez das cápsulas de urânio usadas

> nas décadas passadas, usamos uma tecnologia limpa que não oferece perigo ao usuário ou àqueles ao redor.
>
> Nós testamos amplamente o método, e, conforme será visto em breve, os resultados são satisfatórios. Ainda que inicialmente tenhamos nos concentrado em combater a depressão e os ataques de violência, podemos usar a técnica para os mais diversos fins."

O silêncio imperava na sala quando Eugênia terminou a leitura. Ninguém ousava falar. Adrian aparentava tranquilidade, mas um turbilhão se apoderava do seu interior. Olhou de relance para Eugênia. A neutralidade dominava o rosto da cientista. Era perfeita, nenhum gesto poderia trair os reais sentimentos dela. Adrian aumentou a determinação, acalmou-se, esperou.

Durante o discurso, Tomas ficou inquieto. Cada palavra era o oposto do que pensava. Por vezes ameaçou interromper, mas preferiu aguardar e disparar suas opiniões quando a oportunidade fosse dada.

Eugênia sabia que havia chocado. – Então, quero ouvir a opinião de todos.

Eles se olharam. Tomas começou abruptamente:

– Isso deve ser uma brincadeira!

Eugênia o encarou. – Não sou uma pessoa de brincadeiras.

– Gostaria de me manter calmo, ser hipócrita o bastante para dizer que está tudo certo, que o discurso é sábio, sincero e vai convencer a opinião pública. Mas não! Isso vai ser a sentença de morte do projeto, e mais, de todos nós.

– Por quê? – Indagou Boris.

– Porque é um absurdo! – Nunca alguém se dirigira ao vice-presidente da TNA daquela forma. – Não podemos revelar o projeto dessa maneira. É impreciso do ponto de vista científico, pretensioso, quase insano, eu diria. É verdade que a tecnologia foi desenvolvida, mas não a dominamos totalmente, os resultados ainda são insatisfatórios, para dizer o mínimo.

Boris interrompeu. – Eu o chamei para ouvir uma opinião técnica, nada mais. Restrinja-se à sua área.

– Opinião técnica? Não, científica! Se vamos nos ater a essa área, ótimo! Posso enumerar todos os erros. Primeiro, que absurdo é esse sobre o uso dos eletrodos? Quando eu os aperfeiçoei...

Eugênia interrompeu. – A TNA os aperfeiçoou e patenteou.

– Então por que eles não contêm o nome da TNA, não foram aprovados por nenhuma junta especializada?

– O projeto é secreto, como deve saber. – Eugênia respondeu.

– Tão secreto que nem mesmo nós que estamos envolvidos sabemos realmente o que se passa. Você, Eugênia, está agindo como uma serva da tirania de Dortman.

– Tomas, – a voz de Boris era quase satânica, um misto de ódio, ameaça e maldade – pondere suas palavras!

Tomas se recolheu, falou mais amenamente. – Pelo que sei, o Projeto Nova tem como objetivo aprimorar a técnica de implante de eletrodos no cérebro humano para, com o uso controlado de baixas voltagens, curar a depressão e ataques de violência.

A Dra. Leida tomou a palavra. – E isso é uma questão polêmica. O projeto pressupõe que a violência e a depressão têm uma causa física, ou somática, como chamamos. Mas temos poucas provas. Além disso, ataques de violência e depressão são palavras usadas para descrever um amplo número de diferentes fenômenos.

– Tudo que o cérebro produz – Eugênia disse, – tem uma base física. Pensamentos, sonhos, gostos, tristeza, alegria, medo, pânico, são todos estados que se devem à ação dos neurônios. São apenas descargas elétricas. Nada mais. O que somos é uma pequena e incrivelmente complexa teia de impulsos elétricos. A depressão, a grande enfermidade mental do nosso século, é apenas um tipo de combinação dentro dessa teia. A violência é igualmente um produto da atividade neuronal. Isso é fato! Vamos nos ater à nossa discussão.

Tomas retomou de onde havia parado. – Os eletrodos foram exclusivamente desenvolvidos para atuar na prevenção de ataques de violência e depressão. Eles monitoram a atividade neural e, quando necessário, descarregam impulsos elétricos em certas áreas do cérebro. Usá-los para outros fins, como está sendo colocado, é imprudente.

– Discordo. A técnica é a mesma. Podemos usar em quase todas as áreas do cérebro. – Eugênia replicou.

– Mas ainda existem outras questões. – Continuou Tomas. – A maioria dos pacientes têm reagido de forma inesperada.

Leida mal podia se conter. – É claro! É ridículo pensar que o cérebro pode ser manipulado de uma forma tão simples. Não podemos dividi-lo em pedaços, o cérebro é um todo. Tudo está interligado, e mal sabemos como as partes trabalham, quanto mais a totalidade.

Eugênia se impôs. – A única pessoa que pode dizer como os pacientes estão reagindo sou eu. Sou a única com acesso ao andamento de todos eles. Elaboro as entrevistas, marco exames e acompanhamentos especializados. E digo que o programa tem sido um sucesso.

Tomas e Leida olharam para ela perplexos. Era uma mentira grossa. O projeto estava passando por um momento crítico. Três pacientes morreram nas primeiras tentativas. Outros tiveram surtos psicóticos, desenvolveram neuroses e comportamentos obsessivos.

– Como psiquiatra do projeto, digo que devemos testar mais a tecnologia antes de apresentá-la ao público. – Leida disse determinada.

– Acolhemos a sua observação. No entanto, a palavra final nos assuntos científicos é minha. – Eugênia retrucou olhando para Leida com firmeza.

CAPÍTULO 3

Às 2:31 da manhã, um ***hacker*** de codinome Mefisto viu na tela do seu computador os bancos de dados da TNA. Aquele momento foi a coroação de longas horas montando quebra-cabeças virtuais que poderiam lhe dar a coisa mais valiosa dos nossos tempos: informação.

Suava sem parar, mas não perdia tempo. Não sabia nada sobre novas tecnologias, mas pela maneira como os arquivos foram criptografados, pelos níveis de segurança e número de usuários com acesso, deduzia quais eram importantes. Os dedos leves no teclado chegaram a uma pasta chamada "Projeto Nova".

INICIAR DOWNLOAD

Mais arquivos acessados, mais ***downloads*** simultâneos.

2:34.

O suor cobria o rosto. Imaginava as formas de transformar aquelas informações em dinheiro.

2:37

O temor de ser rastreado aumentava. Não dava para brincar com empresas como a TNA. Os jogos eram de vida e morte.

– Fica frio, Mefisto, fica frio. – Repetia para si mesmo.

2:39

A tela mostrava 2 *downloads* completos, 5 em andamento. Projeto Nova: 87% concluído.

– Vamos, vamos.

Viu uma pasta com uma estranha criptografia. Seus instintos diziam que havia algo ali. Disparou três decodificadores.

2:40

O segundo abriu. No canto da tela surgiu uma sentença lógica.

– Oh, inferno! – Havia sido descoberto.

– *Desliga, desliga!* – Gritava o lado racional de Mefisto. Se continuasse conectado seria rastreado. Mas havia algo grande ali. Depois de tanto trabalho não queria desistir assim, era a única chance.

2:42

O que tinha talvez já fosse o bastante para assegurar uma boa aposentadoria. Mas Mefisto queria mais. Abriu a pasta. Era chamada "Anã Branca".

2:43

– O que esses caras tão fazendo?

Fichas de pacientes, observações, planilhas de futuras operações e outros dados rolavam pela tela. Mefisto não piscava.

2:44

– Tenho que sair antes do sinal ser rastreado.

2:45

Segurou o cabo da tomada e puxou. Soltou o ar do pulmão aliviado. Levantou-se da cadeira, ficou andando em círculos, pensativo. O sentimento de vitória era grande. Seriam os arquivos valiosos? Tudo levava a crer que sim. O que aconteceria então?

Imaginava a qualquer momento alguém batendo na porta do seu apartamento. Homens com ternos pretos, como sempre, assassinos profissionais. NÃO! Não tiveram tempo bastante para rastreá-lo. Perceberam o ataque, mas não tiveram tempo de rastreá-lo. Este era o pensamento que queria acreditar. Mas nada era claro.

CAPÍTULO 4

O clima na sala de reuniões era tenso. Antigos desafetos, emoções à flor da pele e diferentes pontos de vista tornavam a atmosfera carregada. Leida, a psiquiatra que via com ceticismo o projeto e achava a abordagem perigosa, estava chocada com os modos autoritários e irracionais de Eugênia. Cogitava pedir demissão ali mesmo. Porém, a TNA lhe dava um salário e *status* difíceis de serem igualados. Aquele era um ponto de conflito: sair poderia significar a perda de um estilo de vida que amava. Casa confortável, carro do ano, referências constantes em revistas especializadas, adulação por parte de colegas... Por outro lado, ficar era perigoso. A carreira dela estava em jogo. Por mais que tentasse, não mudaria a opinião de Eugênia, que era apoiada por Boris.

Tomas tinha outra atitude. Lutava ferozmente. Queria impor sua vontade a qualquer custo. Julgava-se o legítimo inventor do novo eletrodo. A verdade era que Marcel desenvolvera toda a parte eletrônica. Tomas deu suporte na área de neuroanatomia, ficando toda a criação e desenvolvimento por conta de Marcel. Mas Tomas, com personalidade forte, extrovertido, acabou tomando para si os méritos. Marcel, com sua feição magra, olhos fundos, corpo curvado, voz baixa e grande timidez, não reagiu.

Adrian, um brilhante médico de 33 anos, havia sido convidado por recomendação direta de Eugênia, que fora sua professora na Universidade de Altos Estudos, em Haine. A equipe reagiu de modo negativo. Ele tinha pouca experiência e havia terminado o doutorado recentemente. No entanto, mostrou-se digno da escolha. Executava as tarefas com admirável êxito e trazia sugestões importantes. Naquela noite, no entanto, estava confuso. Preferiu calar-se e não arriscar uma confrontação. Por vezes parecia não estar na sala de reunião. Tinha a mente ocupada com possibilidades ainda mais aterradoras do que as que estavam sendo colocadas na mesa. Imaginava se haviam descoberto o projeto Anã Branca.

A mente de Boris Dortman estava sempre voltada para uma única coisa: lucro. Não poupava esforços para atingir seus objetivos. Agia limpo quando necessário, mas na maior parte preferia estender suas mãos pelo submundo da violência, intriga, chantagem, espionagem e contra-espionagem.

Estava pensativo. Observava os demais com atenção. Ponderava quais caminhos possíveis tomar, mas parecia que todos levavam à escuridão. Precisava de mais tempo.

– Senhores, – disse – a reunião está encerrada.

Todos olharam para ele com espanto.

– Ouvi o que precisava. Vou ponderar sobre as possibilidades e comunicarei minha decisão em algumas horas. Ninguém tem autorização para emitir qualquer comentário sobre o assunto, seja privadamente ou em público.

– E quanto ao discurso para a imprensa? – Eugênia perguntou.

– Vamos aguardar um pouco mais. Não quero pôr tudo a perder. Talvez consigamos localizar o invasor. Apesar de tudo, quero que continuem suas atividades de rotina. E nem uma palavra sobre esta reunião. Boa noite.

Foi o primeiro a sair da sala.

CAPÍTULO **5**

Mefisto começou a analisar os arquivos que tinha. A linguagem técnica, os números e os arquivos cruzados tornavam o trabalho difícil. Mas tinha uma ideia do que possuía em mãos. Escolheu a TNA por vários motivos: a empresa havia crescido nos últimos anos de forma assustadora sem ninguém saber ao certo como. Devia haver algo sujo por trás. Claro que ninguém guarda esse tipo de informação no sistema, mas poderia achar provas indiretas. Chantagem é uma maneira de fazer fortuna no ciberespaço.

Outro motivo: a TNA vendia novas tecnologias, desde equipamentos militares à biotecnologia. Milhões eram investidos em pesquisa, uma informação poderia valer uma fortuna.

Último motivo: intuição. Boris Dortman estava sempre ousando. Acreditava que a tecnologia podia tudo. Nenhum valor moral ou ético iria impedi-lo de arriscar todas as suas fichas em um plano que chocaria os mais conservadores. Pelos últimos dois anos, no entanto, Boris estivera quieto. Certamente tramava algo.

Além desses motivos, Mefisto era movido pela curiosidade. Ele havia passado os últimos sete meses tentando penetrar no sistema. Calculou ter ficado 2.800 horas em frente ao computador exclusivamente por conta disso. Naquela madrugada, o sonho se tornou realidade. Mas o seu pior pesadelo também poderia se tornar real. Se fosse rastreado, seria executado sem piedade.

Mefisto deu uma volta pelo apartamento. Começava a montar um plano. Tinha que vender o material que roubara e manter a segurança pessoal. E este era o seu grande temor. Sabia que se fosse rastreado não haveria volta, seria uma sentença de morte. Aquilo o angustiava. Ficava mais e mais aflito.

De repente, um estalo.

– Claro! – Comemorou em voz alta. – É o plano perfeito!

Então, só precisava de coragem o bastante para realizá-lo.

CAPÍTULO 6

Do alto da Torre Éirich, solitário num escritório repleto de símbolos de sua vaidade, Boris Dortman tentava mais uma vez enxergar o futuro. O único caminho que via era um que não queria tomar, nem aceitar.

A TNA nasceu no início dos anos 1980 como uma subdivisão da *Army Corporation*, uma companhia que fornecia armamentos para o governo. Em 1987, a TNA tornou-se independente, o que para os especialistas foi um erro fatal. Em menos de dois anos estava à beira da falência, as ações haviam desvalorizado 300%, o único núcleo de pesquisa que ainda conseguiam manter estava sucateado, e para completar a onda de tragédias, o vice-presidente da companhia cometeu suicídio após se envolver em um escândalo de corrupção. Foi nesse cenário de caos que Boris Dortman surgiu como novo diretor executivo. A simples nomeação dele, um homem que aos 48 anos nunca havia tido um cargo de importância, sem formação universitária e pouca experiência na área, fez com que as ações da empresa atingissem o nível mais baixo e com que os dois últimos parceiros da TNA se retirassem. As estimativas mais otimistas não davam à companhia mais do que três meses de vida. Mas nenhum deles conhecia o poder da vontade do ser humano.

Com ações ousadas, estratégias que foram taxadas de insanas por todos, dentro e fora da TNA, apostando todas as suas fichas na nanotecnologia enquanto a genética dominava as pesquisas, sem nunca temer ou recuar, Dortman fez com que a TNA sobrevivesse por mais um, dois, três anos. Ao final do quarto ano, eles eram o segundo maior vendedor de equipamentos na área de nanocirurgia. Após dez anos, a TNA era uma das duzentas empresas mais ricas do mundo, ainda que fosse uma das menos conhecidas pelo grande público. A TNA agia por trás das complexas maquinações políticas, um mundo em que investimentos governamentais e privados chegavam a bilhões; subornos de eminentes políticos, chantagem, assassinatos encomendados e tortura eram comuns na luta para se manter no topo.

Boris era o símbolo do sucesso. Um ídolo para os novos empreendedores e um pesadelo para qualquer um que atravessasse o seu caminho. O feito que mais o orgulhava era a nova sede da TNA, a Torre Éirich, que em galês significa "erguer, nascer". Era uma verdadeira fortaleza que mesclava luxo e modernidade. Foram gastos mais de cinco anos na construção, e um orçamento de milhões. Mas um verdadeiro empreendedor nunca pára. Em 1999, mesmo ano em que a torre foi inaugurada, iniciou um projeto conhecido apenas por um pequeno grupo de pessoas. Era arriscado e deixou até mesmo os aliados apreensivos, mas ninguém tinha coragem de desafiá-lo. Com sua maneira autoritária típica, Boris iniciou o Projeto Nova, que poderia arruinar tudo o que havia conseguido ou torná-lo um dos homens mais poderosos do mundo.

A líder do programa era a conceituada pesquisadora Eugênia Constante, que antes de completar cinquenta anos já havia recebido o prêmio V. Lundum e três doutorados ***honoris causa***.

Boris olhou para a sala, caminhou pelos seus imponentes duzentos metros quadrados como se fosse a última vez.

Enquanto pensava, o telefone tocou. Foi até a mesa e viu no visor:

NÚMERO NÃO RECONHECIDO
INICIAR CODIFICAÇÃO?

Digitou "SIM" e atendeu.

– Alô!

– Dortman? Digo, Boris?

– Quem fala?

– Claro que é você, esta linha é pessoal, não é?

– Quem está falando? – Boris gritou. Como alguém poderia acessar a sua linha pessoal? Que segurança era aquela? Adivinhando os pensamentos dele, o homem no outro lado da linha disse:

– Não fique espantado por eu ter o seu número. Tenho muito mais. – Raspou a garganta e continuou:

– Não vou ser um mero chantagista. Tenho estilo. Ah, pode me chamar de Mefisto. *Aquele que se afasta da luz.* Gosta de mitologia? Talvez queira saber que Fausto, o sábio doutor, ofereceu a alma a Mefisto em troca de conhecimento. Agora, Sr. Dortman, o que tem a oferecer por conhecimento? Ah, ah. Deixa para lá, vi que não sabe apreciar minhas observações. Sabe, vocês têm aí um monte de coisas interessantes. Depósitos na conta do Ministro das Forças Armadas, quebra de patentes, verbas de programas filantrópicos desviadas para contas fantasmas...

– Você não tem prova de nada. Está fazendo conjunturas. Somos uma empresa transparente, estamos no topo devido à nossa capacidade de encontrar soluções para os mais diversos setores da indústria moderna. – Olhou para o visor do telefone.

IDENTIFICAÇÃO EM ANDAMENTO

– Pena que as crianças mortas pelas suas armas não possam ouvir esse belo discurso. – Replicou Mefisto.

– Não criamos armas.

– Apenas as fazem mais mortais.

– Tecnologia bélica é apenas uma das áreas em que estamos envolvidos.

– Deixa para lá. Não precisa me convencer. Vamos tratar de negócios. Saiba que sou o responsável pela invasão do seu sistema.

Boris hesitou. Tudo levava a crer que Mefisto estava dizendo a verdade, mas tinha que ser cauteloso.

– Vamos, vamos, – disse Mefisto – pare de brincar. Vocês foram atacados, sou o invasor e quero negociar. Caso não queira, tenho certeza de que vou encontrar outros parceiros.

– Quais são os seus termos?

– Primeiro desligue esse decodificador. Isso. Assim é melhor. Era um Nêutron 507, não era? O pessoal da segurança deve estar desatualizado. Existem alguns aparelhos no mercado que sentem o cheiro dele de longe. Nunca irá achar o meu número. Estou usando um plano móvel de transferência. Um sistema variável que processa...

– O que quer? – Boris interrompeu com raiva.

– Só terminando, pelo menos na *net* o seu pessoal fez um bom trabalho. Foi duro achar um espaço para entrar. Agora, falando objetivamente, o que quero é fazer um acordo. Mantenho os seus arquivos em segredo e você, de sua parte, me paga um salário vitalício. Claro que nunca vou trabalhar. Se qualquer coisa acontecer comigo, mesmo que seja um acidente, alguns amigos vão enviar os seus segredos para todas as empresas rivais, para a mídia, enfim, para todo mundo que quer te comer vivo, você sabe. Que tal? Não posso lhe dar tempo para pensar. Quero uma resposta, e rápido.

CAPÍTULO 7

"Chegou a hora de analisar sob as brilhantes luzes dos laboratórios os mitos e mistérios que vêm perseguindo a humanidade (...) e mais do que analisar, devemos agir! (...) A parapsicologia (uma ciência nova, que não é reconhecida pelo grande público acadêmico e que estuda os mistérios sobrenaturais) cometeu o seu maior erro quando, na tentativa de parecer mais científica, adotou equipamentos para detectar possíveis eventos sobrenaturais. O que são as máquinas inventadas pelo homem quando comparadas ao nosso cérebro? Ele é composto por cerca de cem bilhões de células nervosas, e alguns neurônios desenvolvem até 50 mil conexões! É um conjunto altamente complexo e articulado que tem evoluído por cerca de quatro milhões de anos. A mais poderosa máquina já criada pelo ser humano é um tolo brinquedo se comparada ao nosso cérebro. Ele tem capacidades que ainda hoje estão muito além do nosso entendimento.

Todas as recentes tentativas da parapsicologia em detectar formas invisíveis têm sido baseadas em máquinas. É absurdo desenvolver máquinas para cumprir tal tarefa quando na verdade temos ao nosso dispor a mais perfeita "máquina" conhecida no universo. Ao invés de criar novos meios de medição e aperfeiçoar as nossas rudes aparelhagens, deveríamos nos concentrar em descobrir os mistérios da mente para usá-la plenamente... Uma vez que tenhamos dominado o cérebro teremos capacidade de realizar o que hoje parece impossível ou sobrenatural."

Adrian Loth

Notas sobre a Parapsicologia. Publicado no Caderno de Ciências Experimentais. Universidade de Altos Estudos, junho de 1999.

Às 7:40 da manhã Adrian acessou o programa dos funcionários da TNA.

DIGITE A SUA SENHA:

Digitou o código alfanumérico.

BOM DIA, DR. ADRIAN LOTH.

Uma tela com o logotipo da TNA apareceu em seguida. Através do sistema cada funcionário acessava as atividades programadas para o dia, lista de assuntos relevantes, dava opiniões e fazia qualquer tipo de requisição.

Tudo parecia normal. Tinha consultado jornais e internet sem encontrar qualquer notícia sobre a TNA.

Clicou no botão das atividades programadas para o dia.

9:15 acompanhamento do paciente 039888
11:30 entrega do relatório
13:00 levantamento do pós-operatório dos pacientes 039888, 950983, 072709
16:30 entrega do relatório mensal

Ainda que os médicos e psiquiatras se esforçassem para chamar cada paciente pelo nome, por questões de segurança eles recebiam um código. O número informava dados como o tipo de operação, o método utilizado, o estado pré-operatório e os remédios administrados. Em 039888, por exemplo, 0, significava que o paciente tinha depressão profunda; 3, referia-se à tabela de remédios programada; 9, o número de eletrodos implantados; os dois 8 seguintes, a taxa de deslocamento e a variação de voltagem dos eletrodos, e, o último número, se referia às áreas implantadas.

Adrian clicou na sua primeira tarefa, às 9:15, e uma tela apareceu contendo o endereço da clínica em que o paciente estava, principais vias de acesso, objetivos da visita, informações a serem verificadas, duração e restrições. Nesse caso, Adrian não poderia indicar nenhum medicamento ou terapia. Tinha que fazer uma análise física do paciente e um levantamento das reações ocorridas na última semana. Qualquer desconforto que o paciente estivesse sentindo deveria ser reportado a Dra. Eugênia Constante.

Adrian ainda tinha dificuldade em aceitar a normalidade dos fatos após uma madrugada tão confusa. Não ousava ligar para Eugênia. Tomas, o segundo homem do projeto, poderia lhe dizer algo. Ligou.

– Alô! Tomas?

– Sim. – A voz era pesada, cansada e irritada. – Isso é hora de ligar?

– Desculpa. Só queria saber se tem alguma novidade.

– Sou apenas um peão, como você. – Respondeu Tomas.

– Mas você sabe de algo? Não tem nada na imprensa. O sistema está normal.

– Ótimo. Agora quero dormir.

Adrian desligou. Havia algo estranho. A palavra que Tomas usou era perfeita: "peão". De um lado o rei e a rainha, Boris e Eugênia, detinham as informações e davam as ordens. Do outro, os peões agiam cegamente num jogo que mal conheciam.

CAPÍTULO 8

"A história da ciência é feita de 99% de erros; e de 1% de acertos que mudaram o mundo."

Autor desconhecido

Eram dez da manhã e Boris continuava sem dormir. Consumia-se em pensamentos enquanto olhava pela janela do escritório o ritmo frenético da cidade.

Sua secretária apareceu:

– Sr. Dortman? Sei que não quer ser interrompido, mas o Sr. X3 diz que precisa vê-lo urgente.

Boris demorou a responder. Estava cansado, incerto.

– Deixe entrar. – Disse por fim.

X3 vestia a mesma calça jeans gasta. Tinha os olhos fundos. Não havia dormido também. Apesar do cansaço, tinha uma expressão satisfeita.

– Tenho uma boa notícia. Conseguimos rastrear o invasor.

– O quê? – A motivação voltou. Subitamente, Boris se encheu de energia novamente. Aproximou-se de X3 e disse:

– Vocês sabem quem ele é?

– Sim, cometeu um erro tolo. Deixou uma porta serial aberta...

– Sabe o endereço?

– Tudo. Do boletim escolar ao imposto de renda. Imprimi todos os dados, até a foto da carteira de identidade. Sabia que não ia escapar.

X3 estava realmente alegre. Era algo pessoal. Não aceitava nenhum ***hacker*** invadindo o seu sistema.

– Ele me ligou esta madrugada. Queria fazer um acordo, eu disse que aceitava, mas precisava de algumas horas para organizar tudo. E se ele tiver passado as informações para outras pessoas? Não adiantaria pegá-lo.

X3 engoliu seco. – Mas não ia dar assim, de bandeja. Nem mesmo para alguém de confiança. Tem muito dinheiro envolvido.

– Talvez, – disse Boris tentando entender a mente de Mefisto – ele tenha precaução. Uma garantia pela vida dele. Se fizermos qualquer coisa a ele, essas pessoas enviarão a informação para a imprensa.

X3 parecia não entender o que Boris queria dizer. – Mas é arriscado. No lugar dele, não confiaria em ninguém.

– Não é preciso confiar. As pessoas, amigos ou parentes dele, não saberiam do que se trata. Poderia dizer que eram apenas uns arquivos.

– Se eu tivesse acesso ao computador dele, poderia rastrear os arquivos que enviou e talvez eliminá-los, ou, pelo menos, acabar com os computadores que receberam. Tudo depende de chegar lá o quanto antes. – Disse X3.

Boris sorriu. – Bom! Você irá com uma equipe até a casa dele. Lembre-se de que sigilo total é exigido. E não falhe novamente.

X3 saiu. A alegria que tinha ao entrar na sala foi embora. Estava preocupado, com medo. Havia boatos sobre as manobras sujas da TNA, mas nunca havia se envolvido diretamente... Boris tinha sido bem claro: a tal equipe iria eliminar Mefisto.

CAPÍTULO 9

Mefisto raramente saía do pequeno apartamento. Tinha tudo o que precisava: computador, geladeira e televisão. Aqueles aparelhos regiam a sua vida. Eram os seus verdadeiros amigos, os únicos com quem se relacionava. Havia se mudado da casa dos pais aos 17 anos com dinheiro que juntou roubando senhas de cartões de crédito na internet. Era cauteloso o bastante para roubar pequenas quantias, coisa que a maioria dos donos dos cartões não notava. O aluguel do apartamento lhe garantiu a vida sedentária com que sempre sonhou.

Normalmente passava semanas sem sair de casa. No máximo, abria a porta para o entregador de pizza. Era um eremita moderno, um recluso.

Era pouco antes das onze da manhã. Havia dormido depois de falar com Boris pelo telefone, mas ainda estava cansado. Precisava de ar fresco, andar um pouco. Havia passado horas demais sentado na cadeira, curvado sobre o computador. Mesmo alguém como ele às vezes precisava ver o mundo lá fora.

– Vamos, Mefisto, vamos pensar como gastar todo o dinheiro que vai ganhar. – Disse para si mesmo em voz alta.

Deu uma última olhada no computador, trancou a porta e desceu as escadas assobiando.

CAPÍTULO 10

Pressentimento é algo que atiça a curiosidade até mesmo dos mais céticos. O mundo está sempre processando milhares de informações. Algumas delas claramente conectadas entre si, como na famosa lei de causa e efeito. Outras com uma tênue conexão. Há ainda aquelas que parecem não se relacionar de forma alguma, mas quando olhamos com mais precisão, vemos que tudo está conectado. Algumas vezes temos sorte, e as coisas se ordenam de maneira perfeita. Em outras, o mundo parece agir contra nós.

Mefisto era dominado por superstições. Ainda que quase todos os seus pressentimentos falhassem, quando voltou para o apartamento, girou a chave e empurrou a porta, sentiu que algo estava errado. Olhou ao redor. Tudo parecia normal. Mas havia uma voz na mente dele dizendo que deveria sair. Como a maioria de nós, ele também ignorou o pressentimento mais acertado que teve. Atravessou a sala lentamente, medindo seus passos, como se estivesse na casa de um estranho. Chegou à porta do quarto. O mesmo caos que havia quando saiu. A desordem o fez sentir-se mais aliviado, achou que o pressentimento era mais um daqueles sem sentido. Mas quando virou-se e viu a tela do computador ligada, tomou um susto tão grande que se apoiou na parede para não cair. Alguém havia entrado no apartamento. Tinha certeza de que não havia deixado o computador ligado.

Então, ouviu a porta do apartamento abrir. Olhou para trás e viu um homem corpulento, bem vestido, com uma arma apontada para ele.

CAPÍTULO 11

– Silêncio! – Ordenou. Em seguida, pegou o celular, falou algo em voz baixa, e disse para Mefisto:

– Sente-se e mantenha a boca fechada.

Mefisto obedeceu. Logo entraram outras três pessoas, uma delas, para o horror de Mefisto, era Boris Dortman.

– Então nos encontramos pessoalmente. – Disse Boris. – Fizemos uma visita mais cedo, como não estava, resolvemos dar uma olhada ao redor. Este é X3, meu chefe de segurança virtual.

– Truque interessante o seu, – começou X3 – criou um programa de computador que continha todos os arquivos roubados da TNA. Se ficasse um dia sem digitar o código nele, o programa iria automaticamente disparar os arquivos para todos os jornais, estações de TV, redes de informações e até mesmo para uma lista de empresas. Só você sabia disso, eu suponho, era a forma perfeita de garantir a sua sobrevivência. Valeria a pena te sustentar para manter os arquivos em segredo.

Lágrimas começaram a rolar pelo rosto de Mefisto.

– Não fiz por mal. Podem pegar tudo.

– Já retomamos o que é nosso. – Boris disse.

– Não quero mais nada, ninguém sabe, vocês estão seguros.

– A fraqueza humana é repugnante. Vamos embora, X3. Vocês dois, – disse aos dois homens que os acompanhavam – cuidem dele. Façam parecer um acidente.

Mefisto suplicou:

– Espere... – Antes que pudesse terminar, um dos homens o segurou e tampou-lhe a boca. X3 abriu a porta e saiu junto com Boris. Este, ainda na escada, ligou para Eugênia.

– Dra. Constante, está tudo resolvido. Quero força total no Projeto Nova. Cansei de esperar, quero resultados imediatos.

– Claro. – Disse Eugênia calmamente.

CAPÍTULO 12

No setor vermelho de uma clínica mantida pela TNA, o silêncio da noite era quebrado apenas pela respiração pesada dos pacientes sedados. Para muitos deles, dormir era a única forma de escapar da dor trazida pela realidade. Para outros, nem mesmo os sonhos proporcionavam conforto. Sob o efeito de poderosas drogas, pesadelos e realidade não podiam ser distinguidos. Danu era um desses. Com os olhos abertos contemplava a escuridão da clínica e imaginava quando o momento da sua vingança chegaria.

Eziel Danu havia sido internado após sofrer um acidente de carro do qual não se lembrava. Os médicos disseram que isso era normal, pensar no assunto apenas dificultaria a recuperação. Mas Danu sabia que eles estavam mentindo; não houvera nenhum acidente.

Ele sempre fora o senhor do próprio destino, nenhuma regra podia restringir suas vontades, nenhuma prisão podia afastá-lo do mundo por muito tempo. Desde os 14 anos vagou entre reformatórios e instituições de reabilitação. Aos 18, foi preso pela primeira vez após se envolver numa briga. Os seis meses na prisão apenas aumentaram a vontade de quebrar todas as leis, ofender todas as morais, violar todos os valores daquela sociedade que se tornou o seu maior inimigo. Os fragmentos do adolescente que existiam dentro dele morreram, e, juntamente, qualquer humanidade. O único sentimento que o animava era o ódio.

Quando tinha 20 anos foi preso por dupla tentativa de homicídio. Em menos de dois meses, no entanto, escapou da prisão. Pelos próximos cinco anos iria escapar de virtualmente todas as prisões do estado. Mas, um dia, a sorte o abandonou. Três homens o cercaram num beco. Antes que pudesse puxar o revólver, sentiu algo atingindo o seu ombro. Logo em seguida, uma onda de frio se espalhou pelo corpo. Foi uma dor similar a um tiro, mas sabia que era algo diferente. E sabia também que aqueles homens não eram policiais e sim mercenários profissionais. Danu caiu no chão incapaz de se mover. A garganta se tornou tão seca que poderia beber o próprio sangue para aplacar aquela sensação. Ainda estava consciente quando os três homens o colocaram dentro de um furgão. Ele viu a luz dos postes, ouviu a risada dos mercenários, e naquilo que parecia ser o fim da sua vida, Danu sentia apenas ódio.

Quando acordou numa cama confortável de hospital, num quarto luxuoso, Danu sentiu-se confuso. Ao perceber que não havia algemas atadas às suas mãos nem policiais vigiando, pensou que aquela seria a fuga mais fácil de sua vida. Preparou-se para pular da cama e... seu corpo simplesmente não se moveu. Tentou levantar o braço, mexer as pernas, mas, apesar de todo esforço, só conseguiu mover o pescoço. Nenhuma cela fora sofisticada o bastante para deter Danu, mas a força de sedativos foi. Sentiu-se humilhado por aquela situação. Enquanto tentava inutilmente se mover, um médico alto, com barba e cabelos marrons abriu a porta do quarto. Ele sorriu, pegou uma ficha que estava presa no fim da cama, a preencheu e saiu sem dizer nada. Logo em seguida, uma enfermeira foi até o quarto e aplicou uma injeção no braço de Danu, que assistiu a tudo sem poder reagir, nem mesmo falar. Em poucos segundos, o quarto se tornou escuro novamente.

Ao acordar pela segunda vez no mesmo quarto de hospital, Danu estava rodeado por médicos e rapidamente reconheceu um deles como sendo aquele que o visitara anteriormente. O primeiro impulso foi correr para fora do quarto. Antes que pudesse agir, um sentimento de calma tomou conta dele e permaneceu impassível na cama. Os médicos disseram que ele havia sofrido um acidente de carro mas, felizmente, fora levado a tempo para o hospital e uma operação de emergência salvara-lhe a vida. Danu fingiu acreditar em tudo o que diziam, mesmo sabendo que algo estava muito errado.

As semanas se passaram e Danu começou a entender o que ocorria. Inicialmente, notou que toda a raiva estava gradualmente sumindo, a vontade de escapar, atacar as enfermeiras e pensamentos similares que antes dominavam a sua mente, pareciam cada vez mais fracos. Ele não conseguia dar as mesmas respostas rudes, fazer ameaças ou se comportar de maneira violenta. Todos os dias, médicos e psiquiatras o submetiam a inúmeros exames, entrevistas, exercícios físicos e mentais que ele aceitava sem argumentar. Alguns dos exames eram feitos exatamente para testar sua reação diante de situações que normalmente provocariam raiva. Quando Danu sentia a raiva surgindo no seu peito, instantaneamente uma calma se apoderava dele, os músculos tensos se relaxavam, a raiva dos pensamentos morria. No fim, quando a raiva era totalmente aniquilada, sentia-se reconfortado. O sorriso dos médicos indicava que tudo estava indo bem.

Aos poucos, no entanto, Danu percebeu que estava perdendo a disposição. Depois perdeu a fome, reagia menos e menos aos exames, todas as atrações exteriores tinham cada vez menos importância. Ele ignorava o que as pessoas diziam, tinha de ser alimentado através de soro, não tinha mais nenhum prazer em passear pelo jardim da clínica, não fazia mais perguntas e se tornou silencioso. Após essas reações, que os médicos não souberam explicar, Danu começou a perder o senso temporal. Os dias passavam em um *flash*. Por vezes, alguns minutos escorriam como intermináveis horas. Ficava sentado imóvel no banco do saguão principal. Os esforços da psiquiatra pareciam em vão. Foi quando um médico, o mesmo que Danu viu no primeiro dia, lhe disse:

– Danu, sabemos que se sente fraco. Apesar da sua operação ter sido um sucesso, e a sua recuperação, acima do esperado, vamos precisar fazer outra operação. Será bem simples, você mal notará. Depois disso, se a sua recuperação for boa, e eu tenho certeza que vai ser, você poderá voltar para casa.

Danu queria fazer inúmeras perguntas. Queria saber qual era a casa que ele estava falando, há quanto tempo e por que estava internado. Mas seus pensamentos, além de nebulosos, não eram transformados em ações. O médico, o Dr. Tomas Urman, o conduziu para a sala de esterilização. Pouco antes de tomar anestesia para a nova operação, Danu imaginava sem nenhuma emoção o que havia acontecido com o ódio que sentia.

A operação foi outro sucesso. Desta vez, Danu pôde compartilhar desse sentimento. Em poucos dias, se sentiu revigorado, bem disposto, os pensamentos estavam claros e o seu corpo reagia mais rapidamente. Essas eram as manifestações que os médicos esperavam, mas as futuras reações foram uma surpresa desagradável.

Danu passou a ficar mais tempo no jardim da clínica. Por inúmeras vezes tentou se esconder entre os arbustos após o anoitecer. Ainda que os seguranças tenham sido chamados para conduzi-lo ao quarto, Danu agia sem violência, mas repetia em voz alta:

"O caçador caçado está despertando."

Sem explicação, o ódio que tinha sido reprimido durante a internação se transformou em fúria. Numa manhã como muitas outras, Danu se aproximou de um paciente e começou a socá-lo, chutá-lo, quebrando-lhe ossos e costelas. Como um animal lutando contra o encarceramento, atacou quem quer que se aproximasse. Foram necessárias fortes doses de tranquilizantes e cinco enfermeiros para conduzi-lo ao setor vermelho da clínica. Neste setor, os pacientes eram atados à cama, a janela e o vidro da porta eram à prova de balas e as enfermeiras tinham que seguir um estrito protocolo de segurança. Nos ataques de fúria, a força de Danu era tão grande que um dos quartos teve de ser especialmente adaptado para ele. Os médicos iam e vinham, mas ao contrário dos sorrisos, havia apenas desapontamento. Eles não viam Danu como um ser humano, e sim como um produto de uma experiência que, após um brilhante início, estava indo de mal a pior.

Danu ficava sedado a maior parte do tempo. Nos momentos de lucidez, destilava o seu ódio. Os ataques de fúria pararam, no entanto, o ódio crescia vertiginosamente. E ele sabia exatamente a quem odiar: as pessoas que o haviam colocado naquela clínica. Aos poucos aprendeu o nome dos demais médicos que o operaram:

Dra. Leida
Dr. Adrian Loth
Dr. Marcel

Mas o nome que nunca saía dos lábios de Danu era Tomas Urman.

– Oh, não acredito que já é hora de levantar. – Disse Tomas enquanto se espreguiçava na cama.

– Fique mais, então. – Sugeriu Leida ao lado dele. Ela estava nua. Os seios fartos, empinados, despontavam entre o lençol jogado displicentemente sobre seu corpo. A pele negra, suave, tinha um aroma que enfeitiçava todos os homens. A luz do sol batia levemente sobre o corpo dela, tornando-a irresistível. Apesar de terem passado a noite em claro descobrindo todos os segredos do corpo um do outro, ao vê-la deitada daquele jeito, Tomas voltou para a cama e a agarrou. A boca molhada, carnuda de Leida se prendeu aos seus lábios, percorreu o seu rosto, pescoço, as mãos suaves deslizaram pelo corpo já tomado pelo prazer. Tomas tocou os seios de Leida, também beijou o pescoço dela e parou na ponta dos mamilos, fazendo leves carícias com a língua. Leida se esticou, soltou um leve suspiro de prazer e conduziu a boca de Tomas através do seu corpo. Ele a abraçou com mais força, jogou o lençol para o lado e esqueceram de tudo ao redor. Aquele momento era apenas deles, o mundo além da porta do quarto era insignificante.

Mal percebemos o tempo quando estamos tomados de prazer. Apenas uma hora e meia mais tarde eles lembraram de olhar para o relógio de novo.

– Ops! – Disse Leida.

Tomas se virou. – Não acredito que é tão tarde. Tenho um dia cheio. Terminar de escrever minha palestra, almoço com o reitor da universidade, e mais outras tantas coisas que não me lembro agora. Preciso correr.

– Não quer ficar mais? – Perguntou Leida de um jeito sensual.

Tomas olhou para ela com afeto, estava apaixonado. – Claro. Mas sei que o seu dia é ainda mais cheio que o meu. Você é uma verdadeira celebridade.

Leida riu. Aquilo era verdade. A doutora Leida Novaes era uma das mais respeitadas, até mesmo idolatradas, psiquiatras. Seus serviços eram requisitados pelos mais altos membros da sociedade, apesar de clinicar não ser a sua maior paixão. Sua ambição se voltava para a área acadêmica. Queria que suas teorias se tornassem uma unanimidade, uma referência para todos.

– E o que acontece quando duas celebridades se encontram? Você é no mínimo tão famoso quanto eu. – Disse Leida de maneira engraçada. Tomas concordou. Sentia-se orgulhoso da carreira cheia de vitórias. Levantou-se, foi até o armário e começou a procurar um terno que fosse elegante e jovial ao mesmo tempo.

– Preciso de um terno novo.

– Outro! Deve ter mais de dez.

– Sou um homem de gostos refinados. Mereço o melhor.

Leida sorriu, mas havia preocupação naquele rosto. Não queria tocar no o assunto, mas achava difícil continuar a segurar a pergunta. – Você teve mais alguma notícia sobre o ataque à TNA?

– Só o que você sabe. Eugênia me ligou ontem, disse umas três palavras, "tudo está resolvido" e adiantou datas de operações, rotinas... Que tal este terno?

– Muito escuro.

– Talvez se eu usasse uma gravata roxa.

– Credo! – Leida resmungou num tom infantil.

– Ah! Que tal este?

– Melhor. E o que acha que vai acontecer?

– Com o terno?

– Com o nosso futuro na TNA!

Caminhou até ela. – Você é brilhante! Se o pior acontecer, vai encontrar um posto ainda melhor.

– Se o pior acontecer, teremos sorte em não irmos para a prisão. Você sabe quantas vezes violamos os códigos de saúde, segurança e ética?

– A ciência não pode parar por causa de preconceitos.

A única coisa que ela odiava em Tomas era o seu descaso em relação a certos assuntos que ela julgava importantes. – Não são preconceitos. São meios de impedir que pessoas sem escrúpulos usem a ciência como bem entenderem.

– Vamos evitar essa discussão. Respondendo sua primeira pergunta, acho que de alguma forma Boris resolveu o problema. Vamos continuar nosso trabalho e fazer o melhor.

– Acha que sairá algo de bom dessas pesquisas? – Leida perguntou com um certo inconformismo.

– Só saberemos se formos até o fim. Eugênia e Boris devem discordar, só que os resultados até agora são péssimos. Mas acredito que as coisas podem mudar. – O otimismo dele, no entanto, encantava Leida.

CAPÍTULO 13

Durante os 72 dias em que permaneceu no setor vermelho, Danu estudou pacientemente as atividades das enfermeiras, a ronda dos seguranças, as visitas dos médicos e mesmo a posição na qual ele era colocado na cama. Memorizou o turno das enfermeiras que o atendiam e conhecia perfeitamente o movimento de cada uma delas. Visualizava em sua mente como as mãos delas ajeitavam as tiras que o atavam à cama, o modo que elas dobravam o antebraço esquerdo próximo ao peito dele, os dedos usados para retirar a mordaça da boca, a distância entre a boca dele e o pescoço delas.

Como é típico de um caçador, Danu planejou a fuga para a noite. Esperou por dias o momento perfeito. Quando este chegou, sabia que não havia como falhar. Ainda preso à cama da clínica, pôde sentir as brisas da liberdade.

A enfermeira entrou no quarto exibindo claras marcas de cansaço. Observando os mais insignificantes gestos, Danu poderia dizer tudo que se passava com ela. O modo como ela deslizou a mão pela maçaneta, a lentidão com que trocou o soro próximo à cama, a maneira desatenta pela qual anotava as fichas de inspeção e a respiração pesada deixavam claro que ela era a vítima perfeita. Ele era um caçador e cada detalhe tinha significado.

Danu permaneceu imóvel. Apesar de saber que não estava sedado, a enfermeira poderia perfeitamente pensar o contrário. Quando ela ajustava as tiras da cama, Danu virou parcialmente o corpo e antes que ela pudesse emitir qualquer ruído, ele deu uma cabeçada que a deixou inconsciente. Com as tiras frouxas, a chave do quarto e do piso do prédio no bolso da enfermeira, Danu teve pouca dificuldade em escapar.

Sob a lua crescente da primeira noite em liberdade, Danu afirmou mais uma vez o seu voto de vingança.

CAPÍTULO 14

Um homem relativamente novo, com duas cicatrizes no rosto e vestindo um desgastado sobretudo, atravessou o saguão da Universidade de Medicina. Parecia perdido entre as massas de estudantes, as convocações para aulas, inúmeros lances de escadas, corredores e salas. Era uma presença mais do que exótica, uma atração para os estudantes que o olhavam com surpresa. Um deles caminhou para perto e perguntou:

– Hei, você está perdido? Talvez possa ajudar.

– Procuro alguns médicos que talvez sejam professores aqui.

– É melhor conversar na secretaria, lá você pode encontrar a lista das disciplinas e professores. Você é aluno novo?

Danu balançou a cabeça negativamente.

O estudante sorriu. – Sorte sua. Venha, vou lhe mostrar o caminho.

No corredor que eles entraram havia um pequeno cartaz:

Palestra:
"Bases Fisiológicas da Depressão"
Com o Dr. Tomas Urman, Pesquisador da TNA

A palestra seria em poucas horas. Ao ver o cartaz, Danu parou. O estudante percebeu que o rosto dele estava coberto de suor e os olhos fixos no cartaz.

– Tenho que ir. – Danu disse e deixou rapidamente a universidade.

O Dr. Tomas Urman entrou na sala com o seu sorriso característico. Foi recebido com uma calorosa salva de palmas dos estudantes e colegas. Urman era um dos mais bem-sucedidos cirurgiões do país e um dos mais brilhantes teóricos na área de neuroanatomia. Os seus livros eram referência internacional e mesmo os inimigos o respeitavam.

No canto esquerdo da sala, próximo à porta, estava sentado um homem que conhecia a outra face do Dr. Tomas Urman; a de um médico sem escrúpulos, corrompido pelo dinheiro, que via os seus pacientes como objetos descartáveis de estudos. Ele vestia um gasto sobretudo, óculos escuros e chapéu. No bolso do sobretudo havia um punhal. Ao ver Tomas, sussurrou para si mesmo:

"O caçador caçado está despertando".

Ele esperou com agonia os 50 minutos da palestra, controlando-se para não pular sobre Tomas e esfaqueá-lo ali mesmo. Um gesto como esse iria impedir a completa realização de sua vingança. Ainda que Tomas fosse a vítima que mais desejasse, Danu tinha outros nomes em sua lista. Além do mais, pensava que uma morte rápida não seria o bastante para aqueles que o torturaram.

Ao terminar a palestra, Danu seguiu Tomas à distância até o estacionamento. Com movimentos furtivos aproximou-se enquanto Tomas abria a porta do carro. O médico sentiu a fria lâmina do punhal pressionando o seu pescoço e ouviu uma voz arranhada atrás dele:

– Entre no carro em silêncio. Isso... se não me obedecer, te mato.

Danu sentou-se no banco de trás, pressionou o punhal contra a barriga de Tomas. – Dirija! – Danu ordenou.

– Para onde?

– Para a sua casa.

– Vou dar todo o dinheiro que tenho, o carro, mas por favor, me deixe ir.

– Por nada nesse mundo eu deixaria você ir. Esperei muito por esse momento. – Disse Danu.

– Quem é você?

– Não me reconhece? Minha voz não é familiar? Será que o número 073868 significa algo?

Tomas Urman virou o rosto. – Danu! Mas como?!

– Tinha alguma dúvida que eu viria atrás de vocês? Sei o nome de quase todos que me operaram e vou desgraçar a vida de um por um. Exatamente como fizeram com a minha.

– Mas você deveria estar na clínica. Quando saiu?

Danu pressionou o punhal provocando leves cortes em suas costelas. – Quando saí? Isso é uma piada?

– Está me machucando!

– O que você sabe sobre *sentir* dor? A sua especialidade é fazer os outros sentirem dor. Vamos, dirija!

Tomas ligou o carro e saiu do estacionamento. Olhou para o retrovisor, visualizou o rosto de Danu e tentou se impor. – Danu, tudo que estamos fazendo é para o seu bem. Estamos nos dedicando para fazer de você uma pessoa melhor. Vou levá-lo para a clínica agora...

Danu puxou os cabelos do médico para trás e com a boca colada no ouvido dele disse:

– Vou te abrir inteiro com esse punhal se tentar qualquer coisa.

Após 25 minutos pararam em frente a um luxuoso prédio residencial.

Tomas olhou para Danu pelo retrovisor. – Se eu estacionar dentro do prédio o porteiro nos virá.

– E qual o problema?

– Talvez ele suspeite de algo. Danu, sei que está confuso...

– Você não sabe o que sinto!

– Sou seu médico. Sei perfeitamente pelo que está passando, acredite em mim.

Danu tampou a boca dele e começou a fazer leves cortes em sua barriga. – Só vou parar quando a gente estacionar dentro do seu prédio. Se o porteiro vier, eu mato, se seguranças vierem, eu mato, vou matar qualquer um que tentar te ajudar.

Tomas acelerou e eles passaram pelos olhos do desatento porteiro. – ***Inútil*** – Tomas pensou. Os ferimentos estavam latejando, sangue começava a escorrer pelo terno, mas ainda era uma injúria que poderia ser facilmente tratada.

Desceram do carro. Tomas tentava tampava os ferimentos com a mão. Danu o seguiu a menos de um metro de distância mantendo o punhal coberto pelo sobretudo.

A sorte estava ao lado do caçador. Atravessaram o estacionamento e entraram no elevador sem serem vistos.

– Qual andar? – Danu perguntou.

Tomas relutou. – Ah... 6. – O médico precisava tentar algo. Quando pararam no seu andar e a porta do elevador se abriu, ele empurrou Danu e gritou:

– Socor...!

Antes que pudesse terminar a palavra, sentiu a mão de Danu apertando o seu pescoço. Sem poder respirar, se sentiu tonto, a visão ficou turva. Tentou se libertar, mas a pressão da mão de Danu aumentou ainda mais.

Danu colocou a ponta do punhal em um dos olhos dele. – Não tente mais nada. É a última vez que falo. Saia do elevador como se nada estivesse acontecendo. Cadê a chave do apartamento?

– Aqui! Por favor, seja razoável.

As câmeras de segurança registraram o Dr. Tomas Urman saindo do elevador acompanhado por um estranho que abriu a porta do seu apartamento. O segurança notou que Tomas andava com dificuldade e olhava constantemente para os lados.

Danu jogou Tomas no chão assim que entraram no apartamento. Trancou a porta, tirou o sobretudo e se aproximou dele com o punhal. – Quer salvar a sua vida? Posso fazer um acordo: você me dá o nome e o endereço de todos que me operaram e deixo você viver. O que acha?

Naquele momento o interfone tocou.

Danu olhou para ele. – Aja naturalmente. Não brinque comigo.

Tomas se levantou com dificuldade. O ferimento sangrava menos, mas temia uma infecção. Respirou fundo. – Dr. Tomas Urman falando. – Aquela era uma frase que sempre o deixava orgulhoso, até mesmo numa situação desesperadora como aquela.

– Boa tarde, doutor. Está tudo bem?

– Sim, sem problemas.

– Quando vai ser o aniversário? – O segurança perguntou.

– Amanhã. Tenha uma boa tarde.

Aquele era um código. "Amanhã" significava que estava em perigo. O segurança desligou o interfone, checou a arma e começou a subir as escadas rapidamente.

Danu desconfiou de algo. – Por que você disse ***amanhã***?

– O porteiro queria saber quando o técnico virá consertar o ar-condicionado.

Danu o puxou pela camisa e apertou o seu pescoço. – Está arriscando demais. Já disse que vou matar qualquer um que aparecer. Agora, quero saber o nome de todos os desgraçados que me operaram.

– Nós estamos tentando ajudar.

Danu pressionou com mais força. – Diga os nomes ou te mato agora.

– Dr. Adrian..., Dr. Marcel, Dra. Constante, Eugênia Constante... Leida... estou... sem ar.

– O endereço!

Tomas, sem intenção, olhou em direção a uma pequena mesa ao lado do sofá. Danu seguiu o olhar dele e sorriu. – Os pequenos gestos sempre nos traem, doutor. – Sobre a mesa havia uma agenda marrom. Danu jogou Tomas no chão, pegou a agenda e encontrou o endereço e telefone de todos os médicos.

Tomas tentou argumentar. – Nós somos apenas funcionários, fomos contratados para um serviço.

Danu colocou a agenda no bolso. – E quem contratou vocês?

– Você deve saber, a TNA.

– Quero nomes.

– O diretor do programa é...

Nisso um revólver foi disparado e a porta do apartamento arrombada.

– Parado! Não se mova! – Berrou o segurança apontando a arma para Danu, que balançou a cabeça e disse:

– Sabia. Mas isso não vai te salvar.

– Cala a boca! – O segurança gritou. – Dr. Urman, o senhor está bem?

– Estou. Fique calmo, vamos resolver esta situação. Danu!

Danu começou a caminhar em direção ao segurança. – Você é apenas um garoto, vamos, olhe para mim. Vejo medo nos seus olhos. Ah, ah, olhe como seu braço está tremendo.

– Vou descarregar todas minhas balas se der mais um passo. Dr. Urman, venha!

O segurança continuou mirando em Danu enquanto ajudava Urman a se levantar. – Venha, levante-se com cuidado.

– Estou bem. Ele é um paciente. Danu, por favor, largue o punhal e nos acompanhe. Você não tem nada a temer. Vou levar você de volta para a clínica.

– Jogue o punhal no chão e se afaste! – O segurança exigiu.

Danu se abaixou lentamente e colocou o punhal no chão. Não tinha medo. Aquilo era apenas um jogo. – Satisfeito? E agora? Você me dá um tiro? Não é tão fácil quanto parece. Já matou alguém? Não, é apenas um garoto.

– Cala a boca! – O segurança estava nervoso. Suor cobria o seu rosto, suas mãos estavam molhadas, a arma tremia.

– Danu, – disse Tomas, – a polícia estará aqui em breve. Acalme-se, vamos resolver a situação.

Danu deu mais um passo em direção a eles. – Essa arma não vai te salvar.

Apesar de ter a arma, o segurança se sentia cada vez mais acuado. Danu esperou, esperou, até que subitamente pulou no segurança. Desviou o revólver antes de disparar. Dois tiros seguiram sem atingir Danu, pois já estava socando o segurança, que em poucos segundos estava inconsciente. Tomas tentou correr, mas foi pego pelas pernas. Caiu, bateu a cabeça no chão e antes que pudesse fazer qualquer coisa sentiu o peso de Danu, que preferiu as próprias mãos ao invés do revólver.

Antes de sair do apartamento, pegou a carteira de Tomas e a arma do segurança. Como um artista que deseja ser identificado com a própria obra, Danu escreveu com sangue na parede:

“O caçador caçado despertou”.

Deixou os dois corpos sem vida para trás. A vingança estava apenas começando.

CAPÍTULO 15

Danu precisava agir rápido. Certamente todos na clínica já tinham descoberto que havia escapado. O assassinato de Tomas indicaria que estava atrás de vingança. Limpou-se, comprou algumas roupas usadas e iniciou a segunda caça do dia.

A Dra. Leida Novaes morava em um casarão em estilo colonial que estava na família há quatro gerações. Aquele era um lugar de lembranças, de tradição e afirmação de ***status***. O casarão foi uma herança que ela lutou para conquistar. Após adquiri-lo, iniciou uma série de reformas que tornaram o lugar uma fusão das facilidades do mundo moderno com o romantismo do passado. No fim de fatigantes dias de trabalho, Leida sentava-se na parte da casa que mais gostava, o jardim de inverno.

Ela vivia num dos bairros mais nobres e vigiados da cidade. Isso, no entanto, não intimidava Danu, que sentia enorme prazer em vencer as dificuldades. Dentro de um táxi, ele viu a casa pela primeira vez e começou a imaginar como passar despercebido pelas câmeras de segurança no muro e pelos vigias que faziam a ronda. Uma vantagem ao lado dele era o horário. A tarde estava apenas começando e normalmente a segurança era mais relaxada nesse horário. O táxi parou algumas ruas depois da casa de Leida. De lá, Danu pegou um ônibus voltando. Ao ver a casa pela segunda vez, já tinha todo o plano traçado em sua mente.

Desceu numa rua paralela, onde as casas não eram tão luxuosas. Com pouca dificuldade, pulou o muro de uma delas. Contornou-a, atravessou para a casa ao lado e se viu no muro que dava acesso aos fundos da casa da Dra. Leida. Apesar da altura do muro e da cerca eletrificada, o mundo do crime o havia ensinado muitos truques.

Ele resolveu permanecer escondido no jardim. A casa parecia vazia. A possibilidade de que a polícia pudesse revistá-la ou mesmo designasse alguém para proteger a Dra. Leida só aumentou a excitação de Danu, que estava preparado para qualquer perigo. Logo após o entardecer, o carro da Dra. Leida entrou pelo portão principal. Em poucos minutos, ela acendeu a luz da suíte e se preparou para tomar banho. Danu assistiu ao jogo das luzes acendendo e apagando. Enquanto Leida estava no banho, ele subiu pela sacada, atravessou a varanda e entrou na suíte. Uma cama de madeira maciça do século 19 estava no centro do quarto, ao lado uma cabeceira com o brasão da família Novaes e, sobre ela, um telefone de metal que imitava os primeiros modelos fabricados. Havia um quadro na parede no estilo impressionista e uma foto de família próxima ao espelho. No canto oposto à porta que dava acesso ao banheiro, estava a janela pela qual Danu entrara. Em um dos bolsos ele tinha o revólver, no outro, o punhal. Por precaução, revistou o primeiro andar, depois o segundo, e confirmou que não havia mais ninguém na casa.

Leida saiu do banheiro enrolada numa toalha branca.

– Minha doutora favorita.

Leida virou-se assustada e soltou um grito:

– O que está fazendo aqui?

Danu estava encostado próximo à porta que ligava o quarto ao banheiro da suíte.

– Mas que pergunta! Não me diga que ninguém te contou. Todo mundo já deve saber as novidades.

Leida ajeitou a toalha sobre o corpo e tentou se controlar. Era psiquiatra, conhecia Danu e já passara por inúmeras situações perigosas. Tudo dependia de uma conversa bem conduzida. – Vamos nos acalmar. Você sabe que seu tratamento ainda não terminou. Está indo muito bem, é claro que todos nós temos momentos de fraqueza, insegurança, dúvidas, mas seria estúpido jogar fora tudo que conquistou.

– E o que conquistei? Não tem ideia do que é ficar preso recebendo sedativos, sem saber o que se passa, vendo médicos entrando no quarto rindo, tratando você como um rato de laboratório, injetando drogas na sua veia para ver como reage. O que tem de conquista nisso?

– Sei que é difícil. Você está em recuperação, é comum que se sinta confuso, ansioso, mas é preciso controlar esses impulsos.

Danu a puxou pelo braço. – Controlar! É isso que querem, não é? Querem me domesticar, fazer de mim um zumbi que ouve as suas ordens e cumpre sem reclamar.

Ele aproximou a boca do rosto dela, a toalha escorregou entre as pernas dela.

– Hum, doutora, você não imagina o que é ficar preso numa cama sem saber quando vai ser liberado, ouvindo mentiras, passar dias e mais dias olhando para aquelas paredes brancas esperando a enfermeira te drogar mais uma vez. A solidão... você deve ser uma pessoa solitária também. Quem mora aqui com você?

Leida tinha que se recompor, precisava usar toda a sua experiência como psiquiatra para contornar aquela situação. – Danu, vou me vestir e vamos juntos para a clínica. Entendo a sua situação, vamos fazer mudanças, colocá-lo em outro setor, deixá-lo a par da sua evolução.

Danu a apertou contra ele. Ela sentiu o revólver no seu bolso.

– Todos nós cometemos erros, mas podemos repará-los. – Disse Leida com dificuldade.

– É tarde demais para desculpas, estou cansado de mentiras.

Leida deslizou a mão procurando pelo revólver.

– O que está fazendo? – Danu berrou e a empurrou. Leida caiu perto da cama e pegou o telefone. Quando Danu pulou na direção dela, Leida o golpeou duas vezes. Os golpes abriram o supercílio direito de Danu e o sangue escorreu pelo rosto. Ela se esquivou, correu para a porta, girou a maçaneta.

– Abra!

Danu soltou uma gargalhada. – Vai ser difícil sem a chave. – Levantou-se e a agarrou pelas costas.

– Me larga! – Leida gritou.

– Não se preocupe, não quero seu corpo, quero é a sua vida. – Jogou Leida na cama. Ela rapidamente se cobriu com o lençol. Danu tirou o revólver do bolso e apontou para ela. – O que fizeram comigo? Quero saber. Fala!

Leida respirou fundo. Aquela era a experiência mais aterradora de sua vida. A única esperança era conseguir acalmar Danu. – Estamos desenvolvendo uma técnica operatória com o intuito de melhorar a qualidade de vida de pessoas que têm dificuldades em lidar com certas emoções.

– Não quero ouvir essa conversa de médico, quero a verdade. Vocês falaram que sofri um acidente de carro, mas me lembro muito bem de ter sido paralisado e levado para aquela maldita clínica.

– Foi um erro da nossa parte, – ela respirou fundo se lembrando das aulas de controle emocional – você não sofreu nenhum acidente, só que precisávamos lhe dar uma justificativa para a operação, uma que você aceitasse. Aos poucos iríamos contar o que realmente aconteceu. Apesar disso, as nossas intenções sempre foram boas. Estamos lhe ajudando a lutar contra os impulsos de violência que trazem tanto mal para você.

– Quem é você pra dizer o que é bom pra mim? Abriram minha cabeça, me drogaram e prenderam numa clínica por... quanto tempo estive preso?

– Não é uma prisão, está em processo de evolução...

Danu apontou a arma para a cabeça dela. – Responda!

– Nove meses.

– Nove meses! E por que eu?

– Posso explicar.

Danu engatilhou o revólver. – Não quero mais mentiras.

– Espera, me ouve. Quando eu terminar vai entender que não há razão para cometer nenhum crime. Vamos aceitar você de novo e assim que a sua recuperação terminar você vai poder ir para casa.

Danu gargalhou. – São todos iguais. Esse falatório não funcionou para o Urman.

Leida ficou pálida. – O quê?

– Ainda não sabe? Que estranho. Matei aquele desgraçado há umas cinco horas atrás.

Leida lutou para segurar as lágrimas. – Está mentindo, está mentindo.

Danu olhou friamente para ela e disparou.

CAPÍTULO 16

A morte de dois conceituados funcionários da TNA em questão de poucas horas abalou a Dra. Eugênia Constante. Após receber um telefonema da clínica informando que Eziel Danu havia escapado, ela deu ordens claras: ninguém deveria saber da fuga, nem mesmo os médicos que o acompanhavam. Ela acessou o programa de computador e vetou qualquer acesso a ele justificando que passava por uso controlado de psicotrópicos e deveria permanecer em isolamento pelos próximos dias.

Ao avisar Boris, ele apenas disse:

– O paciente será encontrado.

A partir daquele momento, Eugênia sabia que a caçada a Danu estava começando, e conhecendo a competência dos mercenários contratados por Boris, tranquilizou-se. Ele entendia mais do que ninguém os riscos que envolviam a fuga de Danu. Por outro lado, havia uma sensação de derrota. Um paciente custava uma fortuna, tempo, trabalho, dedicação, esforço... mas sabia que a única solução naquele momento era uma execução silenciosa. Se a notícia da fuga chegasse aos ouvidos de quem quer que fosse, mesmo dos cientistas do projeto, Eugenia e o projeto ficariam desmoralizados. Ela vivia uma situação delicada, deveria evitar qualquer novo risco.

O primeiro sentimento que teve ao receber a notícia da morte do Dr. Tomas Urman foi de culpa. Se tivesse alertado os médicos, provavelmente Tomas teria sido poupado. No entanto, sua mente prática logo se recusou a perder tempo com esse tipo de pensamento e Eugênia começou a calcular o quanto a morte do seu principal cirurgião afetaria o projeto. A técnica operatória já havia sido desenvolvida e testada, sendo relativamente simples, qualquer um dos demais cirurgiões poderia conduzi-la. Tomas estava se tornando cada vez mais incisivo em suas perguntas. Suspeitava que Eugênia estivesse conduzindo o projeto para outros propósitos, ainda que não tenha dito isso abertamente. Por precaução, Eugênia tentava envolvê-lo cada vez menos. Ele, juntamente com Marcel, haviam sido importantes no início, quando as técnicas de implante dos eletrodos e de verificação das descargas foram refinadas, mas depois disso, apesar de ser o cirurgião líder, qualquer um dos demais poderia preencher as funções dele. Por fim, com a morte de Tomas seria fácil declarar Adrian como o principal cirurgião, um fato extremamente positivo.

Após o choque inicial, a morte de Tomas Urman parecia não ter sido tão problemática, ao contrário, fora bem conveniente. Eugênia levantou-se da cadeira e preparou um chá.

A única questão que poderia colocar em perigo o Projeto Nova era a polícia. Mas isso era algo que Boris poderia tratar sem muitas dificuldades. Pela primeira vez, não se revoltou com a corrupção das autoridades.

A notícia do assassinato de Leida foi dada pelo próprio Boris. Naquele momento, ela sabia que o projeto poderia estar perto do fim.

– Mas como Danu ainda não foi encontrado? – Eugênia perguntou quase em desespero. Foi uma das raras vezes em que se exaltou.

– Os melhores homens estão atrás dele, mas não podemos fazer alarde. Tudo deve ser feito nas sombras e a cidade é um labirinto.

– Claro, claro, mas ele matou dois envolvidos no projeto.

– Estou a par da situação, mantenha a calma. – Boris disse de forma rude. – Ele tinha o fator tempo a seu favor, agora não tem mais. Vai estar em nossas mãos muito em breve. Todas as atividades desta semana serão suspensas. Convoque uma reunião e informe a todos sobre a morte do Dr. Urman e da Dra. Leida, se é que eles ainda não sabem. Nenhuma menção sobre Danu deverá ser feita. Nem mesmo os envolvidos no projeto podem ter conhecimento de tudo que se passa. Não quero especulações sobre a fuga de Danu, críticas ou dúvidas a respeito do nosso sucesso. Apenas nós dois devemos ter pleno conhecimento do que se passa no Projeto Nova.

Eugênia raspou a garganta. – Mas eles vão suspeitar que os crimes foram cometidos por um dos internos, e o histórico de Danu...

– Não importa o que eles pensem desde que façam o que digo! – Boris afirmou.

A situação era difícil. Problemas surgiam por todos os lados, o futuro era incerto. Em momentos como esse era no trabalho que Eugênia encontrava forças para se controlar. Começou a examinar as fichas dos pacientes, diagramas, tentava encontrar os erros, aprimorar os métodos. Mas também nas pesquisas tudo ia mal. Os pacientes tinham as mais diversas reações, Danu escapara, três outros morreram na mesa de operações. Nenhum respondeu conforme esperado. Alguns casos iam além do compreensível. Um deles era o da paciente Artisa Verner.

Artisa havia sido internada com depressão profunda. Nos momentos mais graves, tentou suicídio; foram quatro tentativas no total. Na última, escapou de forma milagrosa. Os médicos tiveram de fazer uma limpeza estomacal às pressas e ela permaneceu três semanas na UTI. O que poderia levá-la a pensar que a vida continuava a lhe dar uma chance, que a hora não tinha chegado, não funcionou. Os familiares sabiam que na próxima vez, nada nem ninguém poderia salvá-la.

Ela deu entrada no dia 28 de dezembro de 2000, com autorização da família. Eles não sabiam exatamente como era o tratamento, apenas que era uma forma nova, pouco testada.

Artisa foi avaliada pela Dra. Leida, que foi contra a escolha dela. Segundo Leida, a paciente era psicótica e estava desenvolvendo uma segunda personalidade. Tratar alguém assim era além do que o projeto tinha como objetivo. Além disso, apesar do avanço da ciência no último século, conhecemos muito pouco sobre a psicose. A mente é ainda um grande mistério, talvez conheçamos menos dela do que do universo como um todo.

Eugênia achava que a paciente era adequada. Todos eram. Queria o maior número possível de pessoas. Queria testar ao máximo. E foi em Artisa que Eugênia iniciou o projeto Anã Branca.

Anã Branca foi um nome que surgiu de uma piada que fez para si mesma. Em astronomia, esse nome é dado a uma estrela que, após ter se tornado uma gigante vermelha, morre. É o último estágio da estrela. Da mesma forma, Eugênia achava que as pesquisas que iria iniciar seriam o estudo da última fase da mente, ou a última fronteira: os poderes paranormais.

Os objetivos do Projeto Nova eram bem específicos. Por sugestão de Boris Dortman, o projeto se concentraria na depressão (talvez a pior doença mental do nosso século) e nos ataques de violência. O objetivo era fazer com que pessoas que sofrem de súbitos ataques de violência tivessem como impedi-los. Estimativas apontam que uma em cada sete pessoas sofre desse mal, com graus variados. Os eletrodos iriam inibir as informações que o cérebro envia para agir violentamente e estimular a parte que está relacionada com o sentimento de recompensa. Após algum tempo, a pessoa passaria a inibir, naturalmente, sem mesmo a ajuda dos eletrodos, as informações que comandam os ataques de violência.

Aos poucos, Boris viu como as aplicações para os eletrodos poderiam ser maiores, algo que Eugênia já via há muito tempo, e começou a especular sobre os mais variados usos. Operações como essa, explicou Eugênia, são realizadas há décadas em institutos ao redor do mundo. Só que a ideia é difícil de ser aceita. Muitos acham que é uma forma de controle mental.

Outro problema que a equipe do Projeto Nova sentiu na pele foi a complexidade do cérebro. Sabemos que se estimularmos uma certa área, o cérebro reagirá de uma forma. Os lobos frontais, por exemplo, controlam a fala, o humor, o pensamento e o planejamento do futuro. O controle da linguagem está localizado, na maioria das pessoas, no lobo frontal esquerdo. Os lobos parietais interpretam os estímulos sensoriais provenientes do restante do corpo e controlam os movimentos. Mas o cérebro é muito mais do que isso. Ele pode se regenerar, transferir funções, adaptar-se, transformar-se... os maiores pesquisadores da mente dizem que o cérebro possui uma lógica muito mais complexa do que conseguimos imaginar. O famoso Teorema de Gödel, o mais celebrado resultado da lógica matemática, afirma que é impossível para um sistema como o cérebro entender a si mesmo. Estamos fadados a nunca conhecer aquilo que gera todo o nosso conhecimento.

Eugênia precisava de outra pessoa para apoiá-la no Anã Branca, alguém dentro do Projeto Nova. Para isso, convocou o aluno mais brilhante que já tivera, um fiel discípulo que compartilhava as mesmas ideias e ambições: Adrian Loth.

Juntos traçaram um plano. Iriam alterar minimamente algumas operações de pacientes escolhidos. Como Eugênia era a única cientista com controle de tudo que se passava, foi relativamente fácil ocultar o plano da equipe.

O objetivo era explorar ao máximo as atividades da mente humana, dando ênfase às atividades paranormais da mente. Agências de inteligência da antiga União Soviética, Alemanha, Estados Unidos, Suécia, Índia, Finlândia e de outros países realizaram inúmeras pesquisas nessa área, em especial durante a Guerra Fria. Em várias situações, os resultados contradiziam as leis conhecidas da física e da química. Copos se quebravam pela vontade humana, objetos se moviam sem que ninguém os tocasse, pessoas há mais de 600 km de distância emitiam sinais numéricos por telepatia. Nos anos 1960 e 1970, a União Soviética e países do Leste europeu, como Hungria e antiga Tchecoslováquia, tinham inúmeros cientistas e laboratórios de pesquisa. A ciência que eles faziam era conhecida como Parapsicologia. Traduzindo literalmente do grego, significa "estudo além da mente", ou além da psicologia. Mais tarde, quando começou a sofrer influência da física quântica, passou a ser chamada Psicobiofísica.

Eugênia acreditava que o ser humano tem capacidades adormecidas. Os exemplos soviéticos, nos quais pessoas, após intenso treinamento, desenvolviam esses dons, eram mais do que suficiente para convencer qualquer cético. Uma fazendeira na Rússia, por exemplo, desenvolveu, por si mesma, o dom de ver objetos com as mãos. Ela podia dizer a cor de algo, ou mesmo ler um jornal, somente passando as pontas dos dedos sobre ele, sem o uso da visão. Para isso, ela precisou de seis anos de intensa dedicação, apesar das inúmeras perturbações que mais tarde desenvolveu como efeitos colaterais.

Quase todos com poderes paranormais sofreram com os poderes que desenvolveram, encontrando mortes lastimáveis.

A questão era encontrar um meio acessível a todos de explorar os poderes da mente. Eugênia acreditava que a ciência possui os instrumentos para tornar a aquisição de dons como esses possível a todos. Bastava estimular a parte certa do cérebro.

Adrian assistia TV sem poder acreditar nas notícias. Tomas e Leida estavam mortos! O telefone tocou dezenas de vezes. Repórteres tentavam arrancar qualquer nova informação, em especial alguma que tornasse o caso ainda mais misterioso. *"Foi uma ação da TNA para calar os médicos?"*, *"Foi um vírus experimental que se espalhou?"*. Claro que não, foram assassinados, Leida tinha uma bala na cabeça! *"Uma empresa rival, ou a OTAN, está por trás disso por questões de segurança?"*, *"Você será o próximo?"*.

Em breve estavam na porta do prédio, ameaçando o porteiro para que os deixassem entrar. A segurança conseguiu manter todos afastados, para o alívio de Adrian.

Tentou contatar Eugênia sem sucesso. Boris também estava fora de alcance. Restava o último envolvido...

– Marcel, é o Adrian! Viu o que aconteceu?

– Claro, acabei de ver no jornal. Estou terminando minha carta de demissão. É o fim.

Fim! Adrian não iria aceitar uma derrota, o Projeto Nova e Anã Branca eram tudo em sua vida. Os anos de estudos, privações e dedicação tinham de valer algo. Não iria abandonar, nem mesmo se todos os demais morressem. Estava preparado para levar adiante a ideia, seja dentro ou fora da TNA.

– Não pode abandonar, Marcel.

– Estou certo. Sou apenas um especialista, não tenho influência política, se algo acontecer, vão jogar a culpa pra cima da gente. Devia fazer o mesmo, se é que ainda temos tempo. Boa sorte.

– Espere! O que acha que aconteceu?

– A imprensa está falando em execução sumária. Já existem pelo menos quinze teorias de conspiração circulando na internet. Até os jornais sugeriram algumas delas. – Marcel respondeu.

– Sei, me ligaram várias vezes atrás de alguma informação, ouvi toda essa baboseira, é ridículo. E você, o que acha que aconteceu?

– Não sei.

– Marcel, sei que parece estranho, mas se pensarmos friamente, as mortes podem ter sido coincidência. Duas pessoas mortas numa cidade violenta como esta não é nada. Quantos morrem todos os dias?

– Só que foram dois dos mais importantes pesquisadores da TNA, e no mesmo dia, daquela forma! Muitas perguntas estão em aberto. Pode ser coincidência, mas ninguém acredita nisso. Nem eu.

– Se não foi isso, o que foi, então?

– Melhor não falarmos por telefone. Já estou assustado o bastante. Tenho uma vida pela frente, não quero me envolver com nada perigoso. Devia fazer o mesmo. Saia enquanto é tempo... se é que ainda há tempo. – Disse Marcel querendo desligar.

– Em poucos dias a imprensa estará em cima de outra matéria, todos esquecerão, sabe como as coisas são. É passageiro, um tumulto...

– Do que está falando? Duas pessoas foram mortas, dois colegas que conhecia bem, e gostava. Quem quer que os tenha matado pode muito você bem estar atrás de nós!

– Mas quem teria motivos?

– Quem sabe. Talvez Eugênia.

Adrian se enfureceu com a suposição. – Está ficando louco?!

– Não conhecemos toda a verdade, as maquinações da TNA, os envolvimentos com a política, as ações ilegais... sempre houve rumores. Tudo é muito misterioso lá, sabemos o mínimo necessário. Tomas suspeitava de algo, dois dias atrás me falou que estava reunindo provas contra Eugênia. Ela está conduzindo o Projeto Nova para outra direção, criou dados falsos, vetou nossas requisições... Tomas mesmo disse que ela alterou alguns dados para fazer o projeto ser aprovado pelas juntas médicas quando a hora chegasse.

– Ela nunca faria isso, é uma médica de renome internacional!

– Pode ser, mas isso não quer dizer que tenha escrúpulos. Conheço esse tipo, faria qualquer coisa para atingir um objetivo. Até mesmo matar.

– Pare com esses absurdos! Vamos nos acalmar, deve estar abalado com as mortes. Também estou. Vamos nos encontrar com Eugênia, superar as dificuldades, este momento triste...

– Estou fora! Boa sorte, e tome cuidado.

Adrian jogou o telefone na parede. *Que covarde!* gritou. Como podia abandonar um projeto daquela grandeza, que poderia revolucionar a medicina, psicologia, psicoterapia, a sociedade inteira! Tudo dependia da vontade, de permanecer firme no objetivo sem se importar com o que estivesse acontecendo ao redor.

CAPÍTULO 17

Danu estava mais cauteloso do que nunca. Vira, com muito prazer, as notícias na TV, pessoas comentando em um bar em que parou para comer algo, sentiu a vibração, a tensão nas ruas em que passava, e, sobretudo, parecia ser capaz de farejar a trilha de sangue que ele próprio começara a derramar.

Havia dois nomes restantes na sua lista. Tendo certeza de que outros estavam envolvidos, estava disposto a ir até o fim – não deixar nenhum deles vivo.

A noite estava chegando, esperava encontrar sua próxima vítima logo. Conhecia a cidade detalhadamente e após uma hora andando, se aproximou do prédio de Adrian Loth. Havia alguns carros e repórteres na entrada, eram como um bando de tubarões rodeando carniça. Estavam se dispersando, mas poderia ser notado se tentasse entrar no prédio. Resolveu esperar mais. Todo cuidado era pouco. Olhou para o oitavo andar. Tinha dois apartamentos. Em um, as luzes estavam apagadas; no outro, acesas. Num deles vivia Adrian.

Danu deu a volta pelo quarteirão e parou numa rua paralela. O fluxo dos carros seguia naquela direção, mas não tinha como saber se Adrian sairia de carro naquela noite, ou mesmo se estava em casa. Ficar parado ali levantaria suspeitas. Tinha de ter um plano, pensar rápido, agir com precisão.

Então, percebeu algo que colocou todos os seus sentidos em alerta: estava sendo seguido. *Como não percebi antes!* Culpou-se. Um carro negro, sem placas, havia parado na esquina da rua em que estava. Outro carro, *esporte*, se aproximava. Um homem e uma mulher estavam no banco da frente. Pareciam procurar o nome da rua, mas Danu podia sentir uma certa ansiedade no movimento deles, no olhar constante sobre ele, no modo artificial como conversavam um com o outro. O carro diminuiu mais e parou quase em frente a Danu, que permaneceu quieto. Apenas deslizou a mão para dentro da roupa e segurou o revólver. O vidro do carro desceu e a mulher que dirigia perguntou:

– Oi, estou perdida, sabe me dizer que bairro é esse?

Danu olhou fixamente para ela. O homem ao lado dela estava mexendo em algo embaixo do banco. O outro carro estava estacionado. O vidro escuro impedia que visse quantas pessoas estavam dentro. Pensou em atirar no casal ali mesmo. Mas o outro carro o preocupava. Estava caindo numa armadilha. Calculou suas opções... *O que fazer?Ah...* percebeu que as portas do carro não estavam travadas. Com um movimento rápido girou e entrou pela porta de trás. O homem puxou um revólver, mas Danu foi mais ágil. O sangue explodiu no vidro. Os faróis do carro negro se acenderam. A mulher foi em direção ao revólver do companheiro, mas Danu colocou a arma na cabeça dela.

– Fica parada! – gritou. Puxou-a para perto – Se o outro carro vier, te mato!

O carro negro começava a acelerar quando a mulher estendeu a mão para fora indicando que parasse. Danu disse:

– Avise para eles. Vamos!

– Ai, o que está falando?

– Olhe o seu amigo. O cérebro dele está espalhado pelo carro, se não me obedecer, o seu também vai ficar. Vou contar até três. Um...

– Espere! Tem um celular no porta-luvas. Vou ligar para eles.

– Pegue e me dê.

Ela pegou e discou.

– Me passe o telefone. – Danu disse. Quando alguém atendeu, ele ordenou:

– Saia da rua agora ou mato a mulher.

– Eziel Danu, entregue-se! É a sua única chance de sair vivo.

Danu colocou o revólver para o lado de fora do carro e disparou três vezes.

– As próximas serão na cara dela! – berrou. Um dos tiros acertou o vidro do outro carro, que ficou trincado. Outro ficou preso na lataria blindada.

– Não tem saída, Eziel Danu, – a mulher ao seu lado disse, – desista!

O carro escuro deu ré, virou na rua principal e saiu de vista. Ainda com o telefone na mão, Danu disse:

– Sei que estão parando na próxima esquina, não vou cair nesse truque. Vou até o final da rua, se o carro de vocês estiver lá, mato a sua amiguinha aqui. – Virou-se para a mulher e disse: – Acelera e entra na rua principal!

– Mas é contramão!

– Vai!

Ela obedeceu. Com habilidade, entrou na rua principal desviando dos carros que vinham na direção contrária.

– Para! – Danu gritou quando estavam em frente do prédio de Adrian. – Agora vai ser tudo ou nada. – Segurou a mulher na frente dele, usando-a como escudo, e saíram do carro. Estava sempre olhando ao redor procurando o carro, mas não havia nenhum sinal dele. Foi até o portão do prédio. – Abra essa porta ou vou estourar a cabeça dela. E depois a sua. – O porteiro, um garoto de vinte anos que acabara de trocar de turno e estava no segundo dia de trabalho, olhou aterrorizado. A voz de Danu já era amedrontadora o bastante, o fato de estar com uma arma, uma refém e, ainda, coberto de sangue, fez com que abrisse o portão em questão de segundos.

Subiram a rampa principal e logo estavam na porta do elevador. Pelos movimentos da mulher, Danu podia dizer que ela era forte, bem treinada e experiente; podia atacá-lo a qualquer momento. Apesar da arma que tinha, a mínima distração seria fatal.

Quando o elevador chegou, Danu a empurrou para o lado e atirou duas vezes. No mesmo instante em que caiu, ela rolou tentando se desviar dos tiros. Uma bala pegou no braço, a outra acertou no vidro da porta. Apesar do ferimento, ela conseguiu dar um salto e se esconder atrás de uma pilastra.

– Danu, – ela gritou – está liquidado. Vou fazer questão de acabar com você.

O truque não deu certo. Danu não perdeu tempo com ela. Abriu a porta do elevador e foi cuidar dos seus negócios.

Apertou o oitavo andar. Os segundos dentro do elevador pareciam uma eternidade. Queria muito se encontrar com a sua próxima vítima, vingar-se. Pouco importava como iria sair do prédio e driblar os mercenários que o perseguiam. O ódio era a única coisa que ocupava a sua mente.

Desceu do elevador e abriu a agenda que roubou de Tomas. – Adrian Loth... apartamento 82! – Deu um tiro na fechadura e chutou a porta.

Ao ouvir o estrondo, Adrian correu até a sala e mal pôde acreditar no que viu. Para ele, Danu estava internado na clínica recebendo severos medicamentos.

– Parece espantado em me ver, doutor. Todos ficam.

– Você os matou!

– Quem mais o faria? Um daqueles parasitas da clínica? Aquele bando de inúteis que fica babando e dando voltas pelo jardim o dia todo? Mexeram com a pessoa errada. Vão pagar caro. – Apontou a arma para Adrian e disparou. Não houve nenhum barulho, apenas um "*click!*". A munição havia acabado. Adrian pegou uma estatueta de bronze em cima da mesa e jogou em Danu.

– Ah! Desgraçado! – A estatueta acertou bem no rosto, abrindo um enorme corte no nariz. Danu não se deixou afetar. Foi para cima de Adrian, que correu para o quarto. Antes que pudesse fechar a porta, Danu a travou com o pé. Adrian bateu com violência, Danu soltou um berro de dor. Seguida a dor, veio uma gargalhada. – Dor, o que é dor quando se tem ódio? Tente de novo, nunca vai poder me parar.

Adrian empurrava a porta com toda força que tinha, enquanto Danu a pressionava do outro lado para abri-la. Com um solavanco que jogou Adrian no chão, Danu abriu a porta totalmente. – Então, caro doutor, quais são suas últimas palavras?

Danu puxou a faca.

Então, um estrondo. Um tiro de revólver. Danu soltou um grunhido, sangue começou a jorrar do seu peito, os olhos dele viraram para cima, o corpo tombou lentamente. Atrás deles estava uma mulher com postura imponente, que falou:

– Levante-se, doutor Adrian, é melhor ficar num hotel esta noite. Nós resolveremos tudo. – Ela olhou para Danu, que agonizava entre a vida e a morte. – Falei que iria acabar com você, seu maldito!

Adrian já havia visto milhares de cadáveres, tivera a infeliz experiência de perder pacientes na mesa de operações, via sangue, órgãos estourados e ossos expostos quase todos os dias, mas nunca havia passado por algo como aquilo. Nunca sua vida fora colocada em tão grande perigo, nunca estivera tão perto da morte. Estava confuso, perplexo, sem fala. Havia sentido o hálito seco, azedo e cruel da morte. E isso é algo para o qual poucos estão preparados. Nem mesmo o mais religioso, o mais bruto ditador, o mais destrutivo viciado, pode se aproximar tanto da morte sem ser tomado por uma onda de pânico, ou algo maior que isso, para o qual não temos palavras para descrever.

– Doutor Adrian! – Disse a mulher. – Está tudo bem? Vamos, algumas pessoas estão chegando, ajeitaremos tudo. Vá para este hotel. – Deu um cartão a ele.

– Quem é você?

Nisso, dois homens em ternos negros entraram pela porta.

– Está bem, Victoria?

– Sim, – a mulher respondeu – tive que executar o alvo. Este é o Dr. Loth. Insisto para que vá e nos deixe terminar o serviço.

– Doutor, faça como ordenado.

– Como não nos disseram que Danu havia fugido? – Adrian perguntou.

– É melhor ir agora. Temos pouco tempo.

Enquanto os mercenários recolhiam o corpo de Danu, Adrian se limpou e trocou de roupa. A perplexidade começava a dar lugar à determinação. Iria descobrir o que estava acontecendo, como e quando Danu havia escapado.

– Vamos chamar uma condução para o senhor. – Disse um dos mercenários.

– Não precisa, posso dirigir. – Adrian respondeu e saiu do apartamento. O vizinho estava na porta, olhando perplexo.

– O que está... – perguntou.

– Negócios da empresa. – Adrian respondeu com ironia azeda. Pegou o elevador de serviço, entrou no carro e se dirigiu para a clínica central da TNA.

– Ninguém vai me enganar. Não sou um peão neste jogo. – pensava.

CAPÍTULO 18

O estacionamento da clínica central da TNA estava deserto. Adrian parou e desceu rapidamente em direção à sala de Eugênia, no segundo andar. Passou pelo saguão principal sem dizer nenhuma palavra. Foi parado quando se aproximava da porta de Eugênia. A secretária se levantou e disse:

– Doutor Loth, o senhor não tem acesso a este andar. A doutora Eugênia está em reunião.

Adrian ignorou e empurrou a porta.

– Mas o senhor não pode... – Repetiu a secretária.

Quando entrou na sala, Boris e Eugênia conversavam. Boris olhou com surpresa e falou:

– Como ousa nos interromper dessa forma?

– Como ouso interromper? Eu quase fui assassinado por um interno, o mesmo que acabou com a vida de Tomas e Leida!

A secretária olhava sem entender. Boris ordenou:

– Por favor, retire-se.

Ela saiu e fechou a porta. Boris continuou:

– Estamos a par do que aconteceu. Temos de tomar todas as precauções, nossos inimigos podem usar essas fatalidades para nos destruir.

– Como puderam esconder a fuga de Eziel Danu? Como deixaram de nos alertar? Duas pessoas foram mortas!

– Temos muitos motivos, como deve imaginar. O projeto é secreto, tudo deve ser sigiloso, até mesmo o estado dos pacientes. Ninguém esperava que ele agisse dessa forma. Foi uma fatalidade, o alto preço que por vezes temos de pagar.

Adrian riu e disse com sarcasmo:

– Preço? Tudo para você tem uma cifra. O projeto é secreto, tudo bem, só que vocês estão enganando até mesmo as pessoas envolvidas! Eu quase fui morto por causa do zelo excessivo de vocês. Sem falar em Tomas e Leida. Vocês não têm o direito de nos tratar assim, é revoltante.

Eugênia, até então calada, retrucou:

– Pensei que entendesse as dificuldades, os perigos e, sobretudo, como o nosso sucesso poderá transformar o mundo.

– Entendo, mas não aceito ser enganado! Tenho dedicado minha vida a isso, assim como Tomas e Leida, que foram mortos por causa dos seus erros. Isso está virando uma paranoia! Por que a fuga de Danu foi mantida em segredo? Pelo menos eu deveria ter ficado sabendo.

Boris bateu a mão na mesa e gritou:

– Queria toda a maldita imprensa no nosso calcanhar, perguntando que paciente era esse, correndo atrás dele, talvez até extraindo informações que poderiam arruinar tudo? Só podemos conquistar se estamos preparados para perder.

– Ele está certo, Adrian, todo cuidado é pouco. O povo é ignorante, a imprensa uma máquina de banalização e destruição da verdade, a opinião pública é contra projetos do tipo que estamos fazendo, se qualquer suspeita vazar, estaremos arruinados.

– E por que me enganou, Eugênia? – Perguntou Adrian olhando fixamente para ela. – Justo eu que me dediquei tanto, fiz tanto...

Boris olhou com desprezo. – Fala como um garotinho. Não estamos aqui para ouvir suas queixas, saia desta sala agora e fique feliz por eu não te demitir!

Adrian o encarou secamente, aproximou-se de Boris e disse bem próximo ao rosto dele:

– Não sabe do que sou capaz, Boris. Você se acha o todo poderoso, mas posso destruí-lo. Sei muito, tenho reputação e posso usá-la para acabar com essa empresa e todos os projetos.

– Não ouse me ameaçar! – Boris retrucou.

– O que está falando, Adrian? – Eugênia perguntou. – Você está nisso tanto quanto nós. Nossa falha será a sua também, nossos erros se estenderão a todos envolvidos no projeto. Não deixe suas emoções interferirem no seu julgamento. Não deixe as suas palavras o traírem.

Adrian respondeu com decisão:

– Não vou mais ficar às escuras e nem aceitar que continuem escondendo a verdade de mim. Quero saber de tudo ou vou sair dessa sala e acabar com isso, falar para todos o que está realmente acontecendo.

Boris andou pela sala lentamente, sentou na cadeira, colocou os pés na mesa, e disse:

– Será que sou eu quem está escondendo algo?

Adrian olhou para Eugênia. – Do que ele está falando?

– Sim, – Boris interrompeu – quer saber de tudo, acha que está sendo enganado, que estamos ocultando a verdade de você... Talvez esteja certo. Agora, me diga, quem é que me traiu desde o primeiro momento, antes mesmo de ser contratado por esta empresa? Pensou que poderia me enganar tão facilmente? Usar o meu projeto para algo pessoal, para desenvolver um projeto paralelo? O que Anã Branca significa?

– O quê? – Adrian indagou com surpresa.

Eugênia raspou a garganta e falou:

– Na verdade, Boris e eu elaboramos o projeto Anã Branca. Ele sabe de tudo, desde as experiências com 039888, 950983, 030938 e 039338, das numeráveis aplicações da nossa técnica e da revolução que podemos fazer. Quando contratamos você, já estava tudo acertado, inclusive as suas funções.

Traído por Eugênia! Adrian pensou imediatamente. E justamente por ela. Sua mentora, a pessoa a quem ele foi mais fiel. Ela reunia tudo que ele mais admirava, obedecia cegamente o que ela falava, compartilhava dos sonhos de grandeza e da ambição dela. E então, ela o traiu daquela forma. O envolveu numa teia de mentiras para poder manipulá-lo. Como em um jogo de xadrez, onde a rainha ordena aos peões atacarem sem se importar muito se sobrevivem, desde que a jogada seja valiosa para a sua estratégia maior.

Adrian segurou o ódio se transformando em lágrimas, a revolta e a dor por ser traído naquilo que era mais valioso em sua vida. Era como se o seu maior ideal estivesse sendo despedaçado. Por fim, disse:

– Não vou deixar que me usem mais. Vocês me enganaram por dois anos, me iludiram, mas não vão mais. Vocês dois são responsáveis diretos pela morte de Tomas, Leida e colocaram minha vida em risco. Sabe o que é ver um assassino a poucos metros de distância, mirando uma arma na sua cara, tentando lhe atravessar um punhal? E aquele tiro que o matou, poderia ter me acertado... Danu estava disposto a tudo, veja só o que fez com Tomas! Ele foi espancado até a morte, vocês viram as fotos? Mal dava para identificar quem era. Só escapei por muita sorte, ele chegou a apertar o gatilho, sabia? Enquanto isso, vocês estavam aqui maquinando o próximo passo, calculando o prejuízo que cada morte representaria. Nossas vidas não valem nada para vocês... eu que tanto me dediquei... vocês são dois desgraçados.

– Não seja imaturo, – Eugênia disse – para tudo na vida há um risco. E, no fim, quem o salvou foram os agentes da TNA. E o que quer fazer? Abandonar nossos planos, jogar fora as horas de trabalho, esforço e dedicação? Temos que unir nossos esforços mais do que nunca. – Disse Eugênia.

– Suas palavras não significam mais nada. Pensam que sou um escravo, só que posso destruir vocês, mesmo que isso me arruíne também. Vou destruir a vocês, vou revelar tudo!

Boris se levantou da cadeira e pegou Adrian pelo braço, que o empurrou e gritou:

– Não vai me impedir!

– Adrian! – Eugênia disse. – Pare e pense. Que estupidez é essa? Seus sentimentos estão te destruindo, está agindo de maneira imatura!

– Você é tão previsível, Eugênia. – Adrian disse. – Não vou cair novamente na sua teia de mentiras.

Abriu a porta e saiu.

Boris pegou o telefone. – Segurança, o doutor Loth deve ser impedido. Repito, não pode abandonar este prédio.

Eugênia olhou com apreensão. – O que vai fazer?

– Não temos escolha. Vamos dizer que foi a terceira e última vítima de Danu.

– Vamos ser descobertos, não podemos fazer isso! É melhor encontrarmos uma solução, ele está descontrolado, mas logo vai se acalmar.

– Não vou arriscar.

– Mas deve haver testemunhas, como vamos justificar mais uma morte?

– Já disse, vamos dizer que foi morto por Danu. As testemunhas podem ser compradas. – Boris saiu.

Eugênia foi até a janela. De lá podia ver no estacionamento o carro de Adrian. Desejava vê-lo saindo da clínica, entrando no carro, indo são e salvo para algum lugar distante. Mas sabia que isso não iria acontecer. Mais do que a perda de um discípulo, sentia a dor da derrota. Duvidava que os projetos Nova ou Anã Branca poderiam ser salvos. Boris apresentava claros sinais paranoicos. A obsessão por vitórias, a arrogância e o desprezo por vidas humanas estavam destruindo todos ao redor dele. Nem mesmo a influência da TNA poderia mudar essa realidade. O destino estava pesando sobre ela, e não havia luz no fim do túnel.

PARTE 2

CAPÍTULO 1

"Cada cultura humana teve as suas ligações com o 'paranormal'. Isso está sugerido desde os afrescos das cavernas pleistocênicas da França e da Espanha; e, ainda mais anteriormente, nos sítios mortuários neandertais".

Carl Sagan

Abril de 2007

Natanael ainda se lembrava da operação. A luz forte contra os seus olhos, a agulha da anestesia atravessando a pele, a sonolência, a agonia, e, sobretudo, a incompreensão.

Não sabia por que estava lá, por que fora tirado da clínica de tratamento, quem eram aquelas pessoas e o que faziam. A última lembrança antes da operação foi na clínica em que estava. Caminhou até o quarto, estava cansado, queria dormir apesar de ser dia. Ao lado da cama, dois médicos o esperavam. Deveria ter achado estranho, mas não, provavelmente tinha sido drogado, só queria dormir. Os médicos o levaram até a cama, os sons das vozes deles estavam embaralhados, sem sentido. Ouvia as palavras sem entender o que significavam. Eles o acomodaram na cama, podia jurar que sentiu um deles colocando a mão sobre o seu ombro de maneira fraternal. Então, começou a lembrar da sua infância, das noites em que a mãe, quando estava sóbria, lhe contava histórias.

Em seguida, *flashes*. Ainda estava deitado, mas sendo empurrado na maca através do corredor. As luzes eram fortes e tudo era branco.

Vozes vinham de todos os lados, barulhos de máquinas, bips, mas nenhuma palavra era dirigida a ele.

Agulhas eram injetadas em suas veias, sentia vontade de vomitar, mas os músculos comprimiam sua garganta. Mais uma injeção e veio a escuridão. A anestesia paralisou todos os sentidos, mas por pouco tempo. Quando estava no meio da operação, abriu os olhos. Pelo reflexo no metal dos aparelhos, viu uma abertura no seu crânio, viu parte da massa encefálica.

– O paciente acordou! – Disse a enfermeira.

– Aplique mais anestesia! Falei para manter controle dos... –

Tentou falar, mover-se, mas se sentia em um sonho. A anestesia voltou a fazer efeito, mas apenas parcialmente. Enquanto tinha os olhos fechados, ouvia o som metálico dos instrumentos da operação raspando contra o seu crânio, a respiração dos médicos, o próprio coração batendo devagar. Queria chorar, implorar que parassem, fazer os sons sumirem, mas estava preso em seu próprio corpo. Era como ser enterrado vivo. A única diferença era que não podia nem mesmo gritar.

Depois da agonia, veio a luz. Paz! Esta era a única palavra capaz de explicar o que sentia. Tudo parecia perfeito. Aquele foi o momento em que sua vida mudou por completo. Natanael morreu, Messias nasceu. Um novo ser no mesmo corpo.

Sete anos depois estava se escondendo nos subterrâneos da cidade. Vivia numa linha de metrô abandonada. Todos ao seu redor, seus discípulos, o conheciam por Messias, e nunca ninguém ousou chamá-lo por outro nome.

CAPÍTULO 2

"A experiência mais bonita que se pode ter é a do misterioso... Aquele para quem essa emoção é estranha, quem já não pode parar para admirar e maravilhar-se, é como se estivesse morto."

Atribuído a Albert Einstein

Aquele foi um dia chuvoso, nublado e difícil. E para piorar tudo, ele estava se sentindo mal, infeliz. Tinha terminado uma relação há pouco mais de quatro meses. No começo, sofreu. Depois de algumas semanas em um estado próximo à depressão, ergueu-se e voltou a batalhar pela vida. E isso o fez se sentir mais leve, feliz e motivado. Foi como renascer. Depois que a profunda tristeza e a súbita motivação passaram, voltou a ter a mesma vida com a qual estava acostumado. Então, em algum momento infeliz daquele quarto mês, todas as memórias voltaram à sua mente e sentiu-se mal, muito mal. Ela o amava, ou pelo menos assim ele pensou até o dia em que ela, sem nenhuma razão aparente, terminou a relação dos dois. Eles se encontraram após a separação, saíram algumas noites juntos, mas nada sério. O estranho é que era fácil para ele ter esses encontros ocasionais, mas doloroso para ela, que justamente optou pela separação.

Ele estava trabalhando durante os últimos cinco anos num jornal relativamente respeitado. Sua carreira, no entanto, tinha sido bem estranha. No início, ficou na seção de economia, fazendo pesquisas e ocasionalmente escrevendo artigos. Mas tinha um conhecimento limitado na área. No entanto, escrevia rápido e sobre qualquer assunto, e esses eram talentos que todos os editores de jornal queriam.

Por causa de suas habilidades e falta de maior conhecimento em economia, se tornou um tipo de "generalista". Assim, transitava entre os cadernos de crime, primeira página, cultura e onde mais fosse necessário.

– Bom dia, Victor. – Disse o editor, chamado Ivan. O editor era alto, calvo, tinha um enorme, horrível bigode, e sempre vestia a mesma camisa de botão listrada.

– Preciso que fique hoje com o pessoal da seção de crimes.

– Sem problema. Já estou descendo.

– Ótimo, porque vocês têm que ir para a rua agora. Tem uma rebelião e quero uma cobertura. Deixem-me informado a cada minuto, não podemos perder nada, sabe que a gente tem que manter o site atualizado.

E havia o site, a coisa que Victor mais odiava no jornal. Não se importava em usar computadores para quase todas as funções e lidar com as novas tecnologias que aparecem todos os dias, mas, desde que o site fora implantado no jornal, a vida dos jornalistas se tornou muito mais difícil. O site tinha de ser atualizado a toda hora, era como ser escravo do tempo.

Victor terminou o café e foi direto para a seção de crimes. Sempre trabalhava com Joe Lázara, conhecido por suas intermináveis conversas e senso de humor bizarro. Era um desses obcecados por crimes, mortes violentas, armas e assassinatos em massa.

Logo que saiu do elevador, viu o rosto suado de Lázara quase colado ao seu.

– Esse é o meu companheiro! – Lázara disse. Victor respirou fundo, deu aquele sorriso falso e tentou ser o mais simpático possível. Mas tudo o que conseguiu dizer foi:

– Oi. – Com uma voz pouco amigável.

Lázara não era muito atento à reação das pessoas. Deu um leve tapa nas costas de Victor e soltou uma sonora gargalhada.

– Você é único! A gente vai trabalhar junto hoje.

– Acho que não.

– Vamos sim. A gente tem que cobrir a rebelião. Vamos? Não dá para perder tempo, aqui é correria.

Victor olhou para o fim do corredor tentando achar a supervisora, mas sabia que não havia o que dizer, especialmente num dia ruim como aquele. Balançou a cabeça concordando.

– A van está esperando. Já esteve nesse presídio? Não, não estou perguntando se já foi preso, se já foi lá para visitar, você sabe, dar uma volta. – Lázara perguntou.

– O que quer dizer?

Lázara riu, deu outro tapa nas costas de Victor e o empurrou para dentro do elevador.

– Ah, você sabe, todo mundo gosta de ver esse tipo de lugar, eu mesmo já estive lá umas quatro ou cinco vezes. É fácil entrar quando se tem essa credencial. – disse, mostrando o crachá de repórter e continuou falando:

– Claro, é preciso ter algumas habilidades, ser social, se dar bem com os carcereiros, isso é vital...

Saíram do elevador e foram direto para a van. Lázara continuou falando sobre as experiências na penitenciária e Victor estava, em menos de cinco minutos na companhia dele, entediado. A esperança era que Lázara começasse a conversar com o motorista e o deixasse em paz. Mas o motorista era uma daquelas pessoas com o dom de terminar qualquer conversa em questão de segundos.

Entraram na van e foram para a penitenciária.

– A coisa mais interessante, – dizia Lázara – é a antiga prisão, sobre a qual a atual foi construída. O carcereiro, que é meu amigo, me levou para os subterrâneos e me mostrou essa antiga prisão construída no século 18. Dá para acreditar? Fui num lugar com quase trezentos anos, toquei os muros feitos de rochas imensas colocadas lá por pessoas que morreram antes da invenção da lâmpada. Você sente a atmosfera, a antiguidade, a violência impregnada em tudo, e eu toquei aqueles muros com essas mesmas mãos que você vê agora. O carcereiro disse que o lugar é bem parecido com o que tinha sido no passado. Você tinha que ter ido lá, sentir aquele cheiro antigo, esquecido... Quase ninguém conhece a história do lugar, somente que foi desativado há muitos anos. Fiquei curioso e comecei a pesquisar e até escrevi uma matéria para o jornal, sabia disso? É uma pena que não publicaram.

Quando chegaram na penitenciária, o lugar estava calmo, nada levava a crer que havia uma rebelião. Não havia nenhuma estação de TV, rádio ou jornal. Ou tinham o furo do ano ou alguma coisa estava errada.

– O que está acontecendo? – Victor perguntou em voz alta.

– Ah, suspeitava que podia ser isso. – Disse Lázara pegando o celular. – Às vezes acontece... a gente pega informação errada. Vou ligar para a redação e falar para eles. Qualquer incidente pode ser chamado rebelião se as fontes não são confiáveis.

– Você sabia disso?

– Suspeitava, não iriam mandar somente nós dois para cobrir uma rebelião.

Victor reclinou a cabeça apoiando-a com a mão esquerda.

– Alô... é... aparentemente nada. Victor, Ivan quer falar com você.

O editor falava freneticamente no outro lado da linha, era quase impossível entender:

– Victor, sabe que isso acontece, temos que cobrir de qualquer jeito, temos que mandar informações para o site, mantê-lo sempre atualizado, e de hora em hora, se não tem rebelião vai ter que ter alguma outra coisa, descubra algo e me mande rápido, não importa o quê, manda algo para o site, pelo menos meia página, em 45 minutos, sabe do que gosto, bem atrativo, interessante, nada comum, banal, tem que chamar a atenção do leitor, seja criativo, mas fale a verdade, sabe o que quero dizer, não é? Faça uma boa matéria e venha logo para o escritório. Preciso disso em 43 minutos. Bom trabalho. A gente não pode atrasar um minuto.

Victor olhou para a penitenciária, respirou fundo e ficou imaginando como poderia escrever meia página sem ter nenhum assunto. O diretor da penitenciária certamente não queria a imprensa exagerando um pequeno incidente a ponto de chamá-lo rebelião. Lázara, no entanto, estava excitado, e disse:

– Vamos!

– Para onde? Não tem nada acontecendo. Como vamos escrever meia página se nada está acontecendo? Isso deveria ser uma cobertura de uma rebelião, mas olhe e me fale se tem algo acontecendo? Hoje vai ser um longo dia!

– Hei, já falei que tenho contatos lá dentro. A gente com certeza vai encontrar algo, meia página vai ser pouco. Se a gente falasse sobre essa prisão do século 18? A gente pode tirar algumas fotos, escrever uma história macabra...

Pelos menos o otimismo de Lázara era um ponto positivo. – Vamos, mas nada dessa ideia de estórias bizarras, temos que manter o nível do jornal. A gente vai, descobre se algo aconteceu nos últimos dias, ou então escreve algo sobre a situação dos presos, o tratamento desumano, talvez uma denúncia, com certeza deve haver maus tratos e abusos.

– Acho que não vai dar para fazer nenhum tipo de denúncia.

Victor ficou surpreso. – Por que não?

– Ah, o novo governador, o jornal... a gente tem que pegar leve, você sabe.

Victor concordou. – Tudo bem! Vamos ver o que dá para fazer.

Gostava do seu trabalho. No entanto, momentos como aquele o deixavam em dúvida se era um emprego tão bom. Queria pensar que estava trazendo a verdade ao público, que havia um comprometimento social, quase um dever cívico em deixar as pessoas informadas. Mas a mediocridade de seus colegas, as estúpidas decisões dos chefes, o comprometimento entre imprensa, governo e organizações com o poder, o deixavam envergonhado.

Em poucos minutos estavam na sala do diretor da penitenciária. Ele era um homem calvo, de braços longos e dedos amarelados devido ao hábito de fumar. No princípio foi bastante rude, mas ao perceber que os dois jornalistas não tinham nenhuma intenção em investigar a deplorável situação do lugar, foi mais gentil. No escritório dele havia inúmeras imagens de santos e uma Bíblia com a capa dourada em cima da mesa.

Nas palavras do diretor, aquilo que foi chamado de rebelião foi, na verdade, uma tentativa de fuga bravamente impedida pelos carcereiros do Pavilhão C2. Como os repórteres não tinham muito tempo ou interesse em descobrir a verdade, eles agradeceram e foram rapidamente conversar com os carcereiros.

Enquanto Lázara falava e tirava algumas fotos, Victor abriu o *notebook* e começou a escrever a matéria, usando a qualidade que tinha de escrever qualquer coisa, sobre qualquer assunto num curto espaço de tempo. O título era:

"Tentativa de Fuga na Penitenciária do Estado Impedida por Carcereiros"

No fim, para um jornalista experiente como ele, não foi tão difícil criar uma história que dizia pouco mas parecia ser interessante o suficiente para atrair os leitores. Em menos de vinte minutos, terminou a matéria e se sentiu aliviado. Foi como se aquele dia ruim fosse mudar a partir daquele instante.

– Terminei! – Exclamou com satisfação.

– Oh, você é um gênio. Posso dar uma olhada? – Lázara perguntou, indo para trás do *notebook*.

– Preciso mandar a matéria agora, o maldito site vai ser atualizado em poucos minutos. Não quero receber nenhuma ligação do...

– Oh, meio tarde para isso. – Disse Lázara pegando o celular que tocava. – Oi... nós terminamos... isso... tudo bem, até mais tarde.

Nós, pensou Victor. *Eu escrevo toda a matéria e ele diz que nós terminamos*. Um pouco indignado, enviou a matéria, fechou o *notebook* e disse:

– Vamos?

– Só me dá mais um minuto. A gente pode ver o novo piso? – Lázara perguntou ao carcereiro.

– Claro, estamos transferindo os prisioneiros. É um bom lugar para ficar preso.

Um bom lugar para ficar preso, Victor pensou, *será que existe um bom lugar para estar preso?*

– A gente tem que ir logo. – Victor disse.

– Vai ser rápido. Assim vou ter visto a prisão em três fases da história: a antiga, a atual, e agora os novos pisos. Vai ser rápido.

Em silêncio, Victor concordou e logo estavam num amplo e empoeirado piso cheirando a tinta. As celas eram maiores do que as outras. Apenas um pequeno número de prisioneiros havia sido transferido.

Lázara estava fascinado. Gostava de colocar a cabeça entre as barras das celas, apontar para um ou outro prisioneiro, perguntar qual tinha sido o crime de cada um, os detalhes dos assassinatos.

Victor achava a situação difícil. Pessoas jogadas como lixo se amontoando em celas abafadas sem nenhuma iluminação, passando dias sem ver a cor do céu, vivendo sempre pressionados pelo medo. Por outro lado, muitos deles eram estupradores, assassinos e traficantes. Mesmo se tentasse entender suas ações devido ao fato de terem tido uma família desestruturada, terem sofrido abusos quando crianças e à total falta de oportunidade, nada parecia justificar certos tipos de violência. Com exceção de alguns que estavam presos por terem praticado pequenos furtos, e que, em alguns casos, após viverem o inferno da cadeia se tornavam verdadeiros criminosos, Victor não podia esquecer que parte daqueles prisioneiros levou sofrimento a muitas famílias.

– Essas celas são amplas e bem iluminadas, comparadas com as outras. Olha esse aí! – Disse o carcereiro apontando o cassetete para um preso. – Não chegue tão perto, Lázara.

Três presos estavam na cela. Um era magro, tinha um bigode mal aparado e estava sentando na borda da cama. Permaneceu imóvel olhando para o vazio entre as mãos. Victor o viu dar um sorriso cheio de vergonha. Era difícil aceitar que um frágil homem como aquele estava num presídio, mas ainda mais difícil acreditar na inocência naquele lugar. Deitado na mesma cama estava outro prisioneiro olhando com suspeita para os repórteres. Vestia um gorro vermelho e tinha feições violentas.

O último prisioneiro estava encostado contra o muro, no fundo da cela. Tinha barba longa e cabelos grisalhos, aparentando ter cinquenta anos. Ele permaneceu parado por alguns minutos. De repente, se levantou, caminhou em direção às barras da cela e olhou para os repórteres com imensos olhos verdes, nos quais se via um misto de loucura e medo. O velho estendeu o braço entre as barras, mas antes de tocar qualquer um dos repórteres o carcereiro bateu nele com o cassetete. O velho encolheu o braço parecendo não sentir o golpe. Ainda olhava atentamente para Victor quando o carcereiro berrou:

– Se afasta das barras! Vamos, cretino, se afasta.

O velho não respondeu. Começou a andar de um lado para o outro. Falava coisas incoerentes, batia na própria cabeça, às vezes olhava para os repórteres e voltava a andar. Os demais presos o ignoravam. O carcereiro, querendo mostrar seu poder, gritou mais uma vez:

– Senta e cala a boca!

O velho parou de andar. Olhou ao redor movendo a cabeça sem parar.

– Desculpa. – Disse o carcereiro aos jornalistas. – Talvez eu deva dar uma lição a esse velho.

– Por quê? Ele é só um lunático. Deveria estar numa instituição mental. – Victor disse e virou preparando-se para ir embora. O velho voltou para perto das barras, esticou o braço e gritou:

– Me ajude a encontrar, preciso de ajuda para entender os labirintos na minha cabeça, sinto essa pressão, essa dor que só pode ser curada quebrando o labirinto, preciso colocar o que foi tirado. Um guia, não sou médico, preciso saber como isso tudo funciona, como posso repor e ajustar... ai, quanta dor, ai, me ajuda!

Victor se virou e ficou olhando para ele. Como poderia ajudá-lo?

– O que ele fez? – Victor perguntou ao carcereiro.

– Ah... está preso há uns quatro anos... – O carcereiro virou-se para o velho e berrou:

– O que você fez, seu verme?

O velho ignorou a pergunta e continuou olhando para Victor implorando por ajuda. O carcereiro, por sua vez, ignorado por um simples preso, bateu na cela com o cassetete e mandou o velho se afastar.

– É melhor vocês irem. – O carcereiro disse.

– Toda vez algo assim acontece. Estão sempre tentando chamar a nossa atenção, é patético. – Lázara comentou.

– Vocês me desculpem. – Disse o carcereiro envergonhado. – Ele normalmente é quieto. Fica olhando para o nada um tempão. Para mim é ótimo. Mas às vezes começa a gritar, ataca os outros prisioneiros ou fala por horas sem parar. O senhor o conhece? – Perguntou a Victor.

– Não. Ele deveria estar numa instituição mental, precisa de ajuda especializada.

– Desculpa... Vamos para a saída.

Em pouco tempo eles estavam dentro da van, parados num monstruoso congestionamento. Lázara estava sendo tipicamente desagradável, contando piadas e enchendo Victor com perguntas que ele não tinha o menor interesse em responder. Victor se lembrava do velho, a deplorável situação em que vivia, o destino a que a loucura o havia levado.

Quando chegaram no escritório, Ivan foi até Victor e falou apressadamente:

– Cadê o Lázara?

– No primeiro andar, eu acho.

– A matéria ficou razoável. Talvez a gente não use, muita matéria chegando, a seção de crimes do site está completa. Vamos ver. Deixei várias matérias na sua mesa. Dê uma boa olhada, preciso de tudo editado até às seis horas. É muita coisa, melhor começar agora, sem perder tempo.

Havia uma última coisa no jornal que profundamente irritava Victor, o desperdício de trabalho. Todos os dias milhares de coberturas, entrevistas e matérias iam direto para o lixo por falta de espaço ou porque o diretor subitamente mudara de ideia.

Victor se serviu com um café amargo e foi para a mesa começar a edição. Ao contrário de uma pilha de papéis havia apenas um pendrive sobre a mesa. Ao abri-lo, Victor se deparou com 28 matérias para serem revisadas. Para terminar aquilo antes das seis teria que ser ainda mais rápido do que o normal.

CAPÍTULO 3

Com a mente vagando entre inúmeros lugares exceto no escritório, sem nenhuma vontade de passar o dia vendo aquelas minúsculas letras do computador, Victor começou o colossal trabalho à sua frente.

Estava indo bem durante as três primeiras matérias, apesar da dificuldade em se concentrar. Quando estava no meio da quarta matéria, lembrou-se de Anna. A imagem dela trouxe outras recordações e, ao terminar a matéria, não tinha a menor ideia do que tinha lido. Certamente, não iria perder tempo relendo. Confiando no seu instinto jornalístico, marcou que a matéria não era adequada para a edição daquele dia. Leu a quinta, sexta, sétima... o tédio estava se apoderando dele quando lembrou do velho na penitenciária. Sentiu-se mal e, por alguma razão, lembrou-se do pai morto e imaginou se aquele velho tinha filhos ou alguém que se importasse com ele. O que tinha acontecido? Quais caminhos o levaram à cadeia, à loucura, a agir daquela forma? Uma ideia o fez tremer: poderia ele, Victor, solteiro, sem filhos, irmãos ou pais, sem qualquer amigo próximo, terminar os seus dias numa situação tão miserável? Rodeado por assassinos, estupradores, enterrado vivo num sistema penitenciário falido, longe de qualquer contato que se possa chamar de humano?

Essa foi a primeira vez que percebeu o quão solitário era. Sentado naquele tumultuado escritório, Victor sentiu que a solidão era algo assustador e que não havia ninguém no mundo em quem podia se apoiar. Talvez Anna. Ela foi a relação mais próxima que teve. Mas ela tinha terminado de uma forma tão repentina, quase banal, sem dar a menor explicação.

Eram quase sete horas da noite quando terminou. Era sempre uma satisfação encerrar o serviço, era como respirar as brisas da liberdade por alguns minutos, antes de ser massacrado por intermináveis congestionamentos. No entanto, não se sentia tão leve quanto deveria. Um dia horrível tinha sido deixado para trás, uma tarefa colossal terminada, com algum atraso, certamente, mas havia terminado a edição de todas as 28 matérias. Mas nada disso ocupava a mente de Victor. Por alguma razão o rosto do velho homem voltou a ocupar os seus pensamentos. Por quê? Talvez por aquele velho ser algum tipo de alerta. Poderia Victor ter um destino tão cruel? Tremia cada vez que tal pensamento passava por sua cabeça.

Entrou no carro e foi para casa. Mais do que a exaustão física após um dia de trabalho como aquele, havia a exaustão mental, pensamentos que se repetiam, perguntas sem respostas. Anna era um deles. Eles se encontraram várias vezes após a separação. No começo era apenas um diálogo frio, mas por insistência dela, as conversas se tornaram mais descontraídas e agradáveis. Sentiu que ela ainda precisava dele e passou a usar isso como arma, uma forma de penalizá-la por ter terminado com ele; passou a ser uma pequena vingança. Apesar de ter sensação de estar se vingando, isso não o satisfazia mais.

Ficou um longo tempo no banho, esperando que a água percorrendo o seu corpo pudesse levar embora todos os sentimentos que o incomodavam. Obviamente, isso não aconteceu, apesar do banho ter sido relaxante. Deitou no sofá e tentou se lembrar dos momentos mais felizes de sua vida. Lembrou-se de pouco, apenas alguns eventos isolados, e todos eram tristes, como a morte do pai, os anos de confusão e sofrimento, as dúvidas, a infância sem a mãe, morta num trágico acidente. *Como posso ser feliz*, pensou, *se as duas pessoas com quem mais gostaria de estar... estão para sempre... distantes de mim? Nunca mais os verei de novo, nunca.*

Procurou mais fundo em suas memórias, mas nada veio à mente. Era um grande vazio. A única coisa que o reconfortou foi lembrar dos primeiros momentos com Anna. Permaneceu no sofá, perdido em infelizes pensamentos e dolorosas lembranças.

Era madrugada quando acordou. O corpo estava dolorido devido à má posição no sofá, tinha um gosto amargo na boca. Odiava dormir no sofá.

Olhou no relógio, eram três horas da manhã. Em pouco tempo, deveria estar de pé. Foi ao banheiro e parou diante do espelho. Viu como estava cansado, os olhos fundos, com marcas escuras ao redor. Então, como se algo o tivesse atingido e cortado todas as suas forças, Victor caiu no chão tremendo sem controle. As paredes ao redor se tornaram um clarão de luz, o chão parecia sumir, os objetos perderam a forma, vozes surgiram, estranhas, mescladas, sem sentido, como ordens, como sons metálicos. Soltou um grito de dor, sentiu algo atravessando o seu crânio; era uma dor indescritível. Sentiu pessoas segurando o seu braço, tentava libertar seu corpo preso por uma força desconhecida. Sentiu cordas prendendo seus músculos, a dor aumentou, gritou em pânico sem entender o que acontecia. Uma luz surgiu, viu silhuetas, alguém o observava, pressionava sua cabeça e a dor aumentava. Sentia o corpo cada vez mais dormente, era incapaz de falar, apenas balbuciava. Ficou estirado no chão por alguns minutos até que lentamente as coisas começaram a voltar ao normal. A dormência do corpo diminuiu, arrastou-se no chão, esticou a mão e tocou a porta do banheiro.

Engatinhou até o quarto, deitou na cama, fechou os olhos tentando fugir do que acontecia, mas mesmo com os olhos fechados via pessoas ao seu redor, era como se elas estivessem dentro de sua mente. Porém, tinha certeza de que estavam lá, de que eram reais!

Segurou a cabeça com as mãos, se debateu tentando fazer aquilo parar, mas era impossível. Não sabia de onde aquelas imagens vinham, como e por que se formavam. Estava apavorado, se encolheu na cama, tentou afastar as pessoas com a mão, mas apenas via suas silhuetas, que sumiam de repente para surgir atrás dele. Tentou, sem sucesso, se atirar para fora da cama, não tinha controle sobre o seu corpo, respirava em ritmo acelerado, estava ofegante, tremendo. De repente, as figuras sumiram. Tudo parecia normal novamente. Silêncio.

O pânico começou a dar lugar à razão. Como explicar aquilo, como entender, como se acalmar? Por um lado queria acreditar que foi tudo alucinação, por outro, tinha convicção de que tudo que havia visto, sentido e ouvido era real. Como era possível? Perguntava-se.

Estava ao mesmo tempo num ritmo frenético e exausto. Continuou na cama, talvez por uma hora. Nada estranho aconteceu. O ritmo do organismo diminuiu, as batidas do coração ficaram mais cadenciadas. Deitado na cama, procurou se acalmar. Antes que pudesse relaxar totalmente sentiu várias mãos tocando suas costas, deslizando pelo seu corpo. Virou-se no mesmo instante. – *Quem está aí?* – Berrou em desespero. Mas não havia ninguém, apesar de ter sentido claramente as mãos, com a mesma certeza que sentia o lençol da cama ou ouvia os sons dos carros atravessando a avenida próxima. As pessoas, vozes e dores desapareceram sem nenhum motivo claro, exatamente da mesma forma como surgiram.

Caminhou cambaleante para fora do quarto. Teve de se apoiar na parede para não cair. Encostou-se na parede, escorregou até atingir o chão. Acuado, as lágrimas correram pelos olhos. Encolhido no canto do quarto, Victor conheceu pela primeira vez o real significado da palavra desespero.

CAPÍTULO 4

Quando acordou, o sol brilhava pela janela. Havia uma mistura de sentimentos. Por um lado, o alívio que a luz da manhã traz; por outro, a lembrança perturbadora da noite anterior. E uma pergunta: como explicar o que aconteceu? Ele viu, ouviu, sentiu. Alucinação, era a mais fácil e menos convincente resposta. Mas por quê? Não estava bêbado nem drogado. Não tinha lógica. E foi tão real! Para Victor, alucinação era apenas uma forma de desacreditar qualquer coisa que não se encaixasse no modo como vemos o mundo. Qualquer evento anormal, que contrariasse as leis conhecidas da física e da química, poderia ser taxado de alucinação. Havia ainda o conceito de alucinação coletiva, que, para Victor, era um absurdo, uma maneira ridícula de explicar (ou fugir da explicação) de algo testemunhado por inúmeras pessoas.

Levantou um pouco revigorado pela manhã, olhou pela janela a cidade já acordada. As buzinas e os motores, as conversas no corredor do prédio, os gritos nos apartamentos e outros barulhos pouco perceptíveis chegavam aos seus ouvidos.

Foi ao banheiro e viu a lâmpada queimada. Nada sobrenatural seria necessário para explicar isso. Andou pela casa como se a revistasse ou procurasse por algo. Nada. Não havia coisa alguma que pudesse explicar o que acontecera.

Sem se preocupar com o tempo, tomou banho, se vestiu, tomou café da manhã e foi para o escritório.

Durante todo o caminho, tentou aceitar o que aconteceu repetindo para si mesmo: *Apesar de não saber explicar, tenho certeza de que existe uma explicação lógica, racional e coerente.*

Ao chegar ao escritório, se deparou com Ivan, que disse enfurecido:

– Sabe que horas são? Acha que isso é profissional? Estamos atolados em serviço e você me aparece a essa hora! – Victor passou direto. Ivan, louco de raiva, deu um berro que fez toda a redação parar:

– Você me deve uma explicação!

Victor parou e disse friamente:

– Se quer uma desculpa, posso inventar. Se quer que eu compense o meu atraso com trabalho, terminamos esta conversa agora.

Ivan não respondeu, apenas olhou com raiva, fez um movimento com as mãos e deixou ele ir.

Sobre a mesa havia uma nota:

"4 matérias para a seção de economia; 3 para a de crimes. Edite o texto do Lázara."

Texto *do Lázara?* pensou enquanto ligava o computador e abria o arquivo contendo a matéria. O título era:

"Manhã de Sangue na Penitenciária do Estado"

Por Joe Lázara

Leu aquilo sem entender muito bem. Só esperava que não tivesse relação com a visita deles à penitenciária. A matéria começava assim:

> "Nesta madrugada, mais um atentado contra a raça humana foi cometido. O demônio que habita todos os seres humanos foi liberado para agir; o resultado foi horror, horror e horror!
>
> Qual é a origem da violência? Quando ela irá atacar tudo o que estimamos, as nossas crenças e valores, e nos deixar perplexos perguntando qual é a razão de tanta maldade? O que ocorreu nesta madrugada na Penitenciária do Estado é apenas um exemplo do que um ser humano pode fazer a um companheiro de sua própria espécie.
>
> Às quatro e quarenta da manhã recebi um telefonema. Do outro lado da linha estava um velho conhecido que trabalha na penitenciária. Ele parecia nervoso, até ousaria dizer, amedron-

tado. Ao ouvir a voz dele nesse estado, percebi que algo muito ruim havia acontecido. Ele disse pouco, o melhor a fazer era agir. No mesmo instante, me vesti e fui para a penitenciária. O meu turno no jornal começava às oito horas da manhã, mas aquele parecia ser um evento digno de esforço extra. Não podendo contatar o editor chefe, decidi, colocando a minha carreira em risco, cobrir o evento, trazendo assim a verdade ao público.

O interessante é que ontem pela manhã estive pessoalmente na penitenciária para cobrir uma tentativa de fuga mal sucedida. Durante o tempo em que estive lá conduzindo minhas investigações, vi os envolvidos na tragédia, até mesmo conversei com eles sem saber o que estava prestes a acontecer. Ainda me pergunto se poderia ter feito algo para evitar o massacre, mas ninguém, exceto o maníaco assassino, sabia o que estava para acontecer.

Voltei à penitenciária exatamente às cinco e quinze da manhã de hoje. Do lado de fora tudo parecia calmo. Corri. Senti um calafrio ao cruzar o portão central. Uma equipe médica e um legista haviam chegado antes de mim.

Com base nos fatos que colhi, tentarei reconstruir o ocorrido. Às três horas da manhã, houve uma checagem das celas, como é rotina. Tudo estava normal. Às quatro horas, outra checagem foi feita; uma que iria abalar profundamente o experiente carcereiro. Da cela 587 vinha um murmúrio. O carcereiro não sabia o que era, mas temia o pior. Ao chegar na cela mal pode conter o seu horror. Escorado nas barras, com um buraco no ouvido de onde saía sangue e massa cerebral, com uma das narinas cortadas, estava um presidiário dando os últimos suspiros de vida. As pupilas dele estavam dilatadas, como se estivesse drogado. Era um homem grande, mas parecia um animal indefeso, ferido, sabendo que a morte iria capturá-lo em poucos minutos. O carcereiro apontou a lanterna para o fundo da cela e viu uma imagem que o chocou ainda mais. Um segundo presidiário jazia no chão e sobre ele havia um terceiro, um velho louco. O que mais espantou o experiente carcereiro foi ver que o velho estava abrindo o crânio do companheiro de cela. De alguma forma, havia conseguido uma faca e com instrumentos rudimentares como garfos e pedaços de ferro, realizava uma macabra autópsia que só tinha sentido em sua mente insana. O carcereiro rapidamente acionou o alarme e o velho louco foi arrastado para a solitária. O primeiro preso a ser avistado, que jazia deitado próximo à cela, com ouvido e narina mutilados, não resistiu e faleceu logo. O segundo preso já estava morto, seu crânio fora cortado ao meio."

Victor, incrédulo, parou de ler. Seria o mesmo velho que vira no dia anterior, e que parecia tão inofensivo? Se fosse, por que havia agido assim? Levantou-se e foi até a seção de crimes. Lázara estava sentado lendo jornal.

– Trabalhando duro, hein? – Victor disse brincando.

Lázara se virou, deu uma risada e disse:

– Comecei antes das cinco da manhã. Viu minha matéria? Um furo, vai ser primeira página da seção de crimes. Já vai pro site. Trabalhei duro, pelo menos vou ter uma boa recompensa.

– Eu li. É realmente verdade?

Lázara olhou de maneira nada amistosa. – O que quer dizer? Acha que inventei alguma coisa? Desculpe-me se fui chamado, em vez de você. Deve ser bem difícil para um repórter velho perder um furo como esse. Mas acontece, as novas gerações vêm e ocupam o lugar dos mais antigos.

– Furo? Aquela matéria é um furo? Você encontra milhares de "furos" como aquele em qualquer tabloide.

– Está com inveja, pode falar...

– Lázara, – Victor disse tentando acalmar a conversa – se o Ivan falou que a matéria está boa, ótimo, minha opinião pouco importa.

– Vai sair na primeira página da seção de crimes. O editor falou que está muito bom. Bem atraente, ele disse.

– Aposto que ele nem mesmo leu. Tudo bem, ótimo. Só quero saber como um velho como aquele matou dois presos e sem ser ouvido por ninguém?

– Você não leu a matéria?

– Li... – Victor disse um pouco sem graça por não ter terminado de ler o texto. – Ainda não cheguei nessa parte. Vim falar com você porque fiquei muito surpreso.

– O que vou falar é exatamente o que está escrito. Primeiro, ninguém ouviu porque a cela deles é no novo piso, que é afastado de onde os carcereiros ficam. Poucos presos estavam naquele piso e os dois atacados não puderam gritar. Eles foram drogados. O velho foi à enfermaria na noite passada... você sabia que o governo distribui cápsulas que deixam os presos mais calmos?

– Sei, sei, os deixam dopados.

– É, parecendo zumbis. O velho, então, foi na enfermaria, como vários presos vão todos os dias, e conseguiu roubar algumas cartelas dessas cápsulas. Tendo isso, deve ter sido fácil para ele esmagar e colocar as cápsulas na comida dos dois presos. Um dos carcereiros acha que o segundo detento, o que foi encontrado morto, teve uma *overdose*.

– E o que o velho fez? Eles têm alguma ideia por que se tornou tão violento?

– Saber, a gente nunca sabe, ele é um lunático, qualquer coisa poderia ter sido motivo. Depois de tê-los drogado, o velho abriu o crânio do primeiro preso usando um pedaço de ferro. Os carcereiros encontraram o cérebro dele...

– Por favor, poupe os detalhes.

– Os detalhes são o melhor da festa! Tudo bem. O segundo preso, que foi encontrado à beira da morte, teve um ouvido arrancado e uma narina perfurada por um pedaço de ferro. O carcereiro disse que ele viu o cérebro pelo buraco aberto pelo velho, incrível, não é?

– Obrigado. Vou terminar a edição.

– Antes de ir, – disse Lázara se aproximando – você acha que eu deveria ligar essas mortes a algum ritual? Você sabe, magia negra, sacrifício, talvez o velho seja parte de uma seita macabra. Seria uma boa matéria?

– Não, Lázara, não para este jornal.

– Por que não para *este* jornal? A seção de crimes mantém *este* jornal circulando. – Era uma verdade que Victor não tinha como negar.

– Só acho que vai ser um pouco... sensacionalista. Você quer perder a sua reputação com uma matéria que todos irão ridicularizar?

– De forma alguma. Por isso queria ouvir a sua opinião.

– Então o antigo repórter aqui serve para alguma coisa?

Lázara sorriu sem graça. Victor continuou:

– Concentre-se em fazer um trabalho autêntico, talvez menos... sensacionalista.

– Algum problema com a matéria?

– Não, não, Ivan gostou, isso é o que importa. Tenho que ir.

Victor voltou para sua mesa intrigado. A curiosidade o fez ir mais a fundo. Começou a pesquisar nos bancos de dados do jornal, nas pastas mais antigas, nos arquivos. Descobriu algumas informações sobre o velho, cujo nome era Rubens Vigode. Tinha duas passagens pela polícia por roubo, tendo cumprido seis meses em regime semiaberto, no ano de 1986. Em 2002, foi preso por dupla tentativa de homicídio. Havia, sem razão aparente, agredido violentamente um casal. Rubens nunca explicou o motivo. Durante o julgamento, o seu advogado alegou insanidade, mas o promotor conseguiu negar a afirmação e ele foi preso na Penitenciária do Estado. Durante o aprisionamento, apresentou claras disfunções mentais. Dois psiquiatras solicitaram sua transferência para um manicômio, mas o processo ainda aguardava resposta.

Enquanto coletava informações sobre o velho, Victor se indignava com a morosidade da justiça. Aquela era uma tragédia programada. O advogado e dois psiquiatras alertaram que o velho tinha problemas mentais. Mesmo assim, ele foi jogado entre criminosos. O que ele passou na prisão, ninguém pode dizer.

Victor continuou pesquisando e encontrou algo interessante, um relato obtido por um dos psiquiatras que acompanhou Rubens. O relato começava assim:

> "Meu nome é Rubens Vigodi, tenho 53 anos e, no ano 2000, quando todo mundo se preparava para entrar numa nova era, minha vida mudou para sempre. Vivo pelas ruas desde que me lembro, me arranjando como posso. Tinha orgulho disso,

sou um sobrevivente, me adapto ao meu redor e vivo um dia após o outro. Claro, roubei algumas vezes, mas nunca fiz mal a ninguém. Sempre que podia, levava a vida do meu jeito, e eu era bom nisso. Tão bom que enganei um desses doutores que penduram diplomas na parede. Só depois vi que isso foi ruim para mim e até hoje me faz sofrer. Como é que um doutor que estuda a vida inteira é passado para trás por alguém que largou a escola aos 13 anos? Isso aconteceu, e deve acontecer todo dia porque esses doutores vivem no mundo do faz-de--conta dos livros deles.

As pessoas me chamavam de charlatão, só que mesmo sabendo quem eu era, eles me procuravam, e eu enganava e pegava o dinheiro deles. Eu era um ilusionista, sabia vários truques, às vezes falava que era um guru, um mestre espiritual, fazia profecias e mostrava certos 'poderes'. Só dizia o que as pessoas queriam ouvir, às vezes acertava, por sorte. Um dia veio essa doutora. Sabia que se ela acreditasse em mim poderia me fazer famoso da noite para o dia. No começo ela não caiu, mas eu a envolvi, envolvi, e pum! Ela ficou em dúvida, e duvidar é perder. Se você deixa a dúvida surgir, não tem como fugir da queda. Quando vi os olhos dela indecisos, sabia que estava garantido. Pouco depois ela me chamou para fazer alguns testes. Pensei que poderia me dar bem. Nos primeiros dias foi bom, tinha comida à vontade, dormi num lugar tipo hospital, cheio de conforto. Só que as coisas foram ficando difíceis, eles faziam exames com baralhos, desenhos, computadores, cálculos, eletricidade... pediam que eu adivinhasse o que outras pessoas pensavam, ver o que estava num quarto em outro prédio... claro que não deu certo, e acabei confessando que era um charlatão e ri na cara deles. Mas a doutora parecia enfeitiçada e disse que o problema eram os testes, eles que não deixavam os meus poderes fluírem. Ela disse que minha mente estava pronta para aceitar um mundo onde o que parece impossível acontece, disse que eu vivi anos e anos nesse mundo, mesmo que fosse uma mentira, de alguma forma, eu estava pronto para aceitar uma nova realidade. Eu só precisava de uma operação para abrir os canais fechados da minha mente. E me levaram para a mesa de operações, contra minha vontade. Quando acordei ouvia um zumbido. Achei que ia parar, mas não, ficava no fundo da minha cabeça o dia inteiro, sem parar. Depois de uma semana, eu estava ficando louco com aquilo. E tinha que fazer mais testes, outros, e as coisas só pioravam. Eu sentia aranhas subindo pela minha perna, o lençol da cama virava cobra e se enrolava no meu corpo no meio da noite, uma vez me sufocou tanto que quase morri. Quando alguém encostava em mim os dedos viravam esponjas tão nojentas que me faziam vomitar. E tudo se quebrava ao meu redor. Percebi que o ar era duro também, sempre se rachava quando olhava muito para ele. Quando tentava olhar para o céu nunca estava lá, olhava para cima e ele parecia estar sempre atrás da minha cabeça, e eu virava, virava e nunca conseguia ver o céu, que fugia de mim. Depois comecei a fazer coisas sem saber, o mundo girava tão rápido que tudo parecia acelerado. Nem sei por que estou aqui nesta cadeia, sei quem sou, lembro de muitas coisas, mas só às vezes. Lembro daquela doutora com mãos de esponja, se eu tiver um feitiço guardado vou virar na cabeça dela. Vou fazer um vodu, pegar um fantoche de carne e abrir a cabeça dela, depois pego uma poção feita do sangue dela e derramo pelo meu ouvido e curo minha cabeça. Aí, tudo será normal de novo."

Victor pegou tudo o mais que conseguiu. Queria descobrir se havia evidências de que Rubens tinha passado por alguma clínica. Segundo relatos, Rubens desapareceu no fim do ano 2000 e só voltou a ser visto dois anos depois, quando foi capturado pela polícia.

Enquanto lia, Ivan apareceu na sua mesa, abaixou-se, chegou o rosto bem próximo ao seu e disse:

– Quem você pensa que é? Vou falar uma vez: nunca, nunca mais tente mostrar que tem mais força do que eu. Nunca me responda, posso te esmagar, acabar com você, e estou realmente querendo isso.

Não me dê mais um motivo. Aprenda que o seu lugar é abaixo de mim, seu otário! – E foi embora. Victor teve de se controlar o tempo todo, e ao ser chamado de "otário", algo que nunca deveria ser dito em um ambiente sadio de trabalho, quase explodiu.

Respirou fundo. Queria concentrar-se no trabalho e ignorar tudo o mais. Tentou controlar o seu lado menos racional, de onde surgiam raiva, impotência e indignação. Deixou a investigação sobre o velho de lado, terminou algumas edições que precisava fazer e fingiu estar tudo bem. Interiormente estava repleto de raiva.

Na hora do almoço, telefonou para Anna. Precisava desesperadamente conversar com alguém, expor seus medos, relatar tudo o que tinha acontecido na noite anterior. Estava arrasado. De um lado, estava a vida cotidiana, os problemas no trabalho, sentimentos confusos em relação a Anna. Do outro, o absurdo, o inexplicável e o aterrador. A experiência que tivera (que o fazia tremer sempre que se lembrava), os crimes e a loucura do velho na prisão, o deixavam sem respostas. Eram grandes enigmas que a cada segundo o consumiam. Pareciam lhe roubar a vitalidade, e, talvez, temia, um dia poderiam roubar sua sanidade.

Anna era a única pessoa que talvez pudesse entendê-lo. Mas até mesmo para ela, Victor pensava, seria difícil entender, ou acreditar, no que acontecera.

A conversa no telefone com Anna foi rápida e um tanto conturbada. Ela não queria vê-lo, estava cheia de trabalho e foi pouco receptiva. Somente com muita insistência, e após notar o estranho tom de voz dele, Anna aceitou um breve almoço.

CAPÍTULO 5

"O que aconteceria se começássemos a realmente usar as informações ao nosso redor para realizar atos que ninguém antes ousou, ou mesmo imaginou?

De todas as maravilhas do mundo, a mais fascinante, poderosa e desconhecida, é justamente a mais antiga e próxima: o nosso cérebro.

(...) Será que já paramos para pensar que o mesmo cérebro que comanda as nossas ações (não só comanda como as cria), nossos pensamentos, gostos, valores, crenças, possui os mesmos circuitos que são encontrados em anfíbios, répteis e peixes pré-históricos? Nosso cérebro tem evoluído durante os últimos 4 milhões de anos, pode trabalhar por 70, 80 ou mesmo 100 anos sem parar, acumula milhares de dados a cada hora (a maioria dos quais a nossa mente consciente não registra), é capaz de captar frequências abaixo do que os nossos ouvidos podem ouvir, pode formatar-se e transferir funções de uma área danificada para outra, aloja a linguagem, nos possibilita criar arte e transmitir a cultura.

Nos tempos atuais, temos o que nunca tivemos na história da humanidade: o conhecimento, os meios e o poder para utilizar o cérebro humano de maneiras nunca antes sonhadas. É hora de usar essa preciosa ferramenta para explorar os mistérios do mundo."

Extrato do livro "As Possibilidades da Mente", de Eugênia Constante.

– Nossa, você parece mal. – Anna disse ao vê-lo entrando no tumultuado restaurante.

– Obrigado por ter vindo.

– Fiz o pedido para nós dois, estou muito atarefada hoje. Tenho de voltar para o escritório o quanto antes.

– Claro, claro. – Victor concordou.

– Realmente não sei o que posso fazer.

Victor não respondeu, apenas segurou a mão dela. Sentiu o calor daquela pequena mão, a suavidade, e encontrou conforto na sua maciez.

– Victor...

– Desculpe-me. – Ele disse retirando a mão.

– Não quis dizer isso, só acho que as coisas estão muito incertas. Não sei se os nossos encontros têm sido... – Ela deixou a frase incompleta. Victor parecia arrasado. Nunca o vira naquele estado. – Victor? – Ela disse levantando o rosto dele. – O que está acontecendo?

– Tudo, eu acho. Tudo está errado.

O garçom apareceu na mesa, deixou a comida e saiu apressadamente.

– Hum, parece bom. – Anna disse olhando para os pratos. – Precisamos comer rápido.

– Não estou com fome.

– Você está doente?

– Talvez uma doença explique a minha condição.

– Condição? – Anna disse, enquanto se servia de batata, arroz e um pouco de um estranho tempero.

– Posso confiar em você?

– O que acha?

– Desculpa, confio em você, me perdoe se não agi como deveria no passado, sempre confiei em você.

– Tudo bem. Continue.

Victor não sabia como começar. Precisava que pelo menos alguém acreditasse nele. – Por favor, acredite em cada palavra que eu disser, não estou mentindo, claro que não, aquilo foi real!

Anna balançou a cabeça concordando.

– Ontem à noite vi algo, quero dizer, presenciei algo, com todos os sentidos, realmente senti aquelas coisas. – Ele parou, olhou para o lado, respirou fundo e não ousou olhar para ela. Temia a reação dela, não queria ser taxado de louco da mesma forma que o velho havia sido na penitenciária. Lembrou-se do velho... Anna viu o rosto de Victor se empalidecer.

– Não posso me tornar algo como aquilo. – Ele disse com desespero.

– O que está acontecendo?

– Estou com medo de mim mesmo, do que posso me tornar, do que está acontecendo.

– Só me diga o que aconteceu sem se preocupar com o que eu possa pensar. – Disse Anna.

– Ontem, era madrugada, eu estava no banheiro, quando as coisas ao redor começaram a mudar, era como se eu não fosse mais eu e o mundo ao redor estivesse desaparecendo. Foi horrível, nunca me senti tão sozinho, tão acuado, indefeso, simplesmente não sabia o que fazer, pensar... Comecei a ouvir vozes, pessoas me tocando, barulhos do fundo da minha cabeça, sons aterrorizantes. Foi absurdo, mas vi rostos que não posso descrever, vozes de pessoas que já encontrei, mas ao mesmo tempo não sei quem são. Era como estar em um lugar e ao mesmo tempo não estar, ver o que existe e ao mesmo tempo não existe. Mas sei que foi real, tenho certeza.

– Já tinha visto algo assim antes?

– Nunca!

– E o que você quer? – Anna disse friamente.

– Achar uma explicação... acha que estou louco? Acha que é possível imaginar algo tão real? E por que a minha própria imaginação iria criar algo só para me atormentar, por quê?

– Talvez devesse procurar ajuda especializada.

– Eu não imaginei nem inventei, foi real!

Anna permaneceu em silêncio, parou de olhar diretamente para ele.

– O que está errado? – Victor perguntou. – Por que está agindo assim? Sei que é absurdo, mas aconteceu, acredite em mim.

Ela olhou para o relógio.

– Por favor, não faça isso, não vá embora e me deixe aqui assim. Você não acredita em mim?

– Acredito. Deveríamos terminar essa conversa por aqui. É melhor não nos encontrarmos mais.

– O quê?

– Perdoe-me. – Anna disse se levantando. Puxou da carteira algumas notas e deixou sobre a mesa. Victor olhou perplexo.

– Anna! – Levantou-se e correu na direção dela. O restaurante estava lotado e algumas pessoas começavam a olhar para eles. Algumas rindo, outras, com curiosidade, tentavam adivinhar porque ela tinha se levantado. Outros, menos discretos, apontavam para os dois.

– Espere! – Victor disse segurando o braço dela. – O que está acontecendo?

– Me solta! – Anna gritou, fazendo com que mais pessoas olhassem para eles.

– Você não vai fugir assim sem explicações. Já basta quando terminou comigo.

– O que está fazendo? O restaurante todo está olhando para nós!

– Não me importo! – Disse Victor em voz alta. – O que está errado? – Aproximou-se dela e perguntou:

– Não acredita em mim?

– Acredito, mas isso chegou num ponto em que não posso fazer mais nada. Você precisa de ajuda especializada.

– E isso é motivo para fugir? Dizer que a gente não vai se ver de novo?

– Você não entende? – Ela disse alterada, para deleite de todos no restaurante. – Vamos sair daqui pelo menos.

Assim que saíram do restaurante, Anna parou, olhou fixamente para Victor e disse:

– Sabe porque terminei com você? Nunca lhe contei, sei que foi injusto da minha parte, mas não tive opção, foi demais para mim. Acredito no que falou porque vi você agindo como... como se estivesse possuído. Você se levantava no meio da noite, abria a porta, trazia cadeiras para o quarto como se alguém estivesse lá. Uma noite você me acordou e disse: "Elas estão aqui de novo". Eu perguntei quem e você respondeu: "Ah, você sabe, aquelas duas meninas que moram aqui, elas estão sempre brincando no nosso quarto. Uma delas está atrás da porta agora". Não entendi nada. Você continuou falando: "Vou deixar a nossa porta aberta, assim elas não podem se esconder". Eu estava apavorada, os seus olhos, suas expressões faciais, era como se não fossem suas. Você era outro! Na nossa última noite, acordei de madrugada, você estava em pé na cama, sem roupa, olhando para mim... não esqueço do seu rosto, era cheio de maldade. Você tinha uma faca na mão, e quando vi, gritei, você olhou ao redor, jogou a faca no chão, desceu da cama e deitou ao meu lado. Na manhã seguinte, você não tinha a menor recordação. Nunca se lembrava de nada. Eu não ousava falar sobre isso nas primeiras vezes, queria esconder, fingir que nada havia acontecido. Depois tentei, indiretamente, levantar o assunto, mas você não se lembrava. Essa foi a razão pela qual terminei sem nenhuma explicação. Esse é o motivo pelo qual nunca mais dormi no mesmo quarto que você. O que eu poderia fazer? Você iria acreditar em mim? E mesmo se acreditasse, eu não tenho preparo para encarar algo assim, entende? Foi muito assustador, eu simplesmente não consegui. Pode me culpar por ter sido covarde, mas eu só esperava que você melhorasse, talvez eu fosse a responsável de alguma forma, sei lá. Desculpa...

– Quantas vezes isso aconteceu?

– Talvez cinco. Você se lembra de algo? – Perguntou Anna.

– Talvez... espere... agora que falou, me lembro de ter levantado no meio da noite, não sei que dia era, fui até os móveis do quarto e comecei a empurrá-los, é, foi isso, eu precisava fazer algo. É estranho, eu tinha a necessidade de fazer algo, só não lembro o quê.

– Eu lembro disso, foi a primeira vez. Perguntei o que estava fazendo...

– E eu disse que precisávamos de espaço para começar. Perguntei se você era um dos cirurgiões, sabia que eu precisava fazer algo, mas não tinha uma ideia clara. Precisava me limpar, é, precisava de álcool...

– Por favor, pare. – Anna disse soluçando entre lágrimas. – É uma tortura lembrar. Por favor, não conte isso para mais ninguém. Ninguém! Vá a um psicólogo, mas não deixe ninguém mais saber.

Você precisa de ajuda. Preciso ir. Esse é o nosso adeus. – Anna tinha o rosto coberto de lágrimas. – Tome cuidado e me perdoe.

Ela se afastou, deu alguns passos incertos, parou por um momento e disse:

– Confie nos seus sentimentos. Tudo que houve entre nós no passado foi sincero, acredite em mim. O que quer que aconteça, lembre-se: eu realmente te amei.

Ela foi embora. Victor sabia que nunca mais iria vê-la novamente, aquele era o fim. Olhou para o céu, o dia estava azulado, a temperatura amena, a cidade, por outro lado, fervilhava entre carros, pessoas, fumaça e barulho.

Anna se perdia na multidão. A silhueta dela se misturava à grande massa de pessoas, logo os traços dela já não eram mais perceptíveis.

Quando se virou e começou a andar de volta para o escritório, Victor teve algo que só pode ser chamado visão, ainda que para ele tenha sido tão real quanto qualquer outra coisa. Era uma lembrança que se estendeu até as bordas da realidade, uma imagem mental tão concreta como tudo aquilo que suas mãos poderiam alcançar. Em um instante, o passeio sobre o qual andava, as pessoas passando apressadas, os carros, prédios, semáforos, os ruídos, barulhos, vozes, até mesmo sua própria roupa e em certo sentido seu corpo, desapareceram. Ele estava deitado numa cama olhando para uma larga janela. Era noite, um jardim ondulava sobre o poder das brisas, tudo era calmo. Então, veio uma luz, já não estava mais no quarto. Ouvia uma voz familiar, mas impossível de ser identificada. Um choque elétrico percorreu sua espinha, Victor perdeu o movimento dos músculos por alguns segundos, depois, veio a escuridão. Estava novamente no quarto, deitado na cama. Puxou o lençol até o peito. Estava frio. Na borda do lençol, havia uma inscrição:

"Clínica de Pesquisas CH3 – TNA"

Aquela foi a última cena de sua visão. Alguém o empurrou na rua e tudo voltou ao normal. Os carros buzinavam ferozmente no trânsito, pessoas gritavam, conversavam, passavam ao lado dele, o sol brilhava forte. Olhou para o relógio, a visão durou alguns segundos, apesar de conter tanta coisa. Com passos lentos, incerto sobre o que fazer, voltou para o escritório.

Estava atrasado. Em outra situação, isso o deixaria extremamente incomodado, mas naquele momento não conseguia pensar em nada, salvo a visão e a conversa com Anna. O mundo desmoronava diante dos seus olhos e parecia que nada que fizesse poderia mudar isso. Era como estar atolado em areia movediça, cada movimento o levava para o fundo mais rapidamente. Talvez fosse melhor esperar passivamente a total destruição.

Com a cabeça baixa, entrou na redação. Muitos o olhavam, percebendo que estava tendo problemas. Foi direto para a sua mesa.

Acessou a internet. Digitou:

TNA

Começou a correr atrás daquela que parecia ser a única pista. Lia os sites rapidamente, descartando as informações irrelevantes e se fixando nas que pareciam confiáveis. Após quinze minutos acessando sites e buscadores pouco úteis, parou em algo que lhe chamou a atenção.

"TNA – A HISTÓRIA QUE NÃO QUER SER OUVIDA"

"Depois dos escândalos de corrupção que atingiram os mais altos políticos e das denúncias de chantagem, suborno e outras atividades ilícitas que levaram à meteórica queda da TNA, muitas perguntas ficaram sem respostas. As principais são relativas às pesquisas secretas da empresa.

Em agosto de 2002, poucos meses depois do início das denúncias que selaram o fim da TNA, a empresa encerrou atividades. Funcionários do mais alto escalão, incluindo o presidente Teo Ramirez e Boris Dortman, o vice-presidente e manda-chuva da empresa, foram processados e condenados.

As acusações foram as mais variadas, como extorsão, assassinato, espionagem industrial e sonegação de imposto. Por ter sido tão rápida, a queda da TNA criou um vazio. Projetos foram interrompidos, pesquisas canceladas, clínicas desativadas de uma hora para a outra. Cientistas renomados se esconderam, negaram o seu envolvimento; patentes, bancos de dados e programas foram apreendidos ou, mais comumente, caíram no mercado negro, onde empresas rivais, governos e até mesmo compradores particulares se apoderaram deles. O destino de Boris foi, como sua vida, conturbado. Ele fugiu durante o processo judicial, vivendo como foragido por mais de dois anos. Foi por fim encontrado morando numa ilha do Mediterrâneo. Depois de um difícil processo de extradição, finalmente justiça foi feita e Boris foi preso. Mas veio a falecer quatro meses depois, no final de 2005, sem nunca revelar os segredos da empresa que liderava.

A principal cientista da TNA era a Dra. Eugênia Constante. Não dá para negar o seu brilhantismo. Ela recebeu praticamente todos os prêmios acadêmicos possíveis, foi professora emérita e lecionou na Universidade de Altos Estudos, liderou vários projetos na área de biociências, era uma referência mundial. Infelizmente, todo esse talento foi direcionado para atividades sombrias. A mais cruel que conhecemos (existem outros projetos, mas faltam dados que confirmem existência sua) foi conhecida como Projeto Nova. O objetivo: controle mental! Nada descreve melhor. Poderíamos dizer controle comportamental, tratamento de recuperação emocional, ou qualquer outro termo mais leve, só que a verdade é que mais uma vez na história a ciência tentou adquirir controle sobre nós. Imagine as consequências se a técnica funcionasse. Poderia ser usada pela polícia, agências de inteligência ou mesmo pelas forças armadas. Pessoas com tendências violentas poderiam ser operadas e transformadas num calmo rebanho de ovelhas. Nos presídios, as rebeliões acabariam, pois os presos teriam eletrodos implantados em suas mentes reprimindo seus impulsos, fazendo-os se sentirem satisfeitos quando se comportassem bem. A técnica seria vendida como sinônimo de cura para o crime, e assim esqueceríamos as motivações por trás dos crimes. A realidade, porém, foi bem diferente. As operações tornaram os pacientes mais brutais, levaram muitos à loucura, ao suicídio e à morte. O plano de controlar a mente havia falhado, e assim como os testes nucleares e genéticos, nos quais a indústria leva adiante técnicas pouco testadas, a ciência mais uma vez revelou sua face mais cruel. Além dos erros, outras questões surgem: estaríamos preparados para usar algo assim? É certo fazer isso? Caberia a uma empresa ou a governos atolados em corrupção o poder de decidir quem deve ser operado? Estamos dispostos a abrir mão de nossa individualidade e identidade para sermos fisicamente manipulados? O que viria depois?

Cerca de vinte pessoas foram operadas nos três anos de duração do Projeto Nova. As formas como os 'pacientes' eram escolhidos foram as mais variadas e quase sempre violentas. Por ser ultrassecreto, era quase impossível conseguir voluntários. As vítimas eram capturadas como animais e em geral tinham envolvimentos com crimes ou outros sintomas de descontrole comportamental. Outro grupo era de pessoas depressivas, que seriam curadas através da mesma técnica aplicada em regiões diferentes do cérebro. Os cientistas nunca pensaram nos transtornos causados àquelas pessoas, nos perigos que a experiência poderia representar. Liderados por Eugênia, eles só pensavam em glória, poder e riqueza. Mas o revés veio. Com os escândalos da TNA, os projetos naufragaram, e juntamente a reputação deles foi tragada. Eugênia caiu no ostracismo, teve sua licença cassada, se tornou alvo de desprezo no meio acadêmico e tem vivido na escuridão desde então."

Continuou a pesquisa em sites diferentes:

"(...) Assim que a TNA abriu falência, um plano pré-programado foi iniciado. Execução sumária. Não poderia haver nenhum vestígio das atividades secretas da empresa e os pacientes de suas clínicas foram executados. Felizmente o plano foi abortado antes de ser concluído, de forma que alguns poucos pacientes sobreviveram. Mas o número desses felizardos é muito pequeno, não mais do que seis ou sete em comparação a 25 executados (estimativa aproximada). Os sobreviventes foram parar nos mais diferentes lugares, como penitenciárias, manicômios, nas ruas ou se isolaram da sociedade."

A curiosidade aumentava, suava frio. Por um lado, cada nova informação criava novas perguntas, por outro, começavam a aparecer algumas pistas. Estava absorvendo cada palavra pesquisada com frenética velocidade.

"(...) Em alguns momentos da história certos conhecimentos são perdidos para sempre, como no incêndio das bibliotecas de Alexandria e a de Assurbanipal, na Assíria, ou na destruição dos códices maias pelos espanhóis. Em outros momentos, algo ainda pior acontece: o conhecimento é usado para sórdidos fins. Assim que a Segunda Guerra terminou, os Estados Unidos aceitaram cientistas nazistas que haviam desenvolvido foguetes e realizado experiências com seres humanos em campos de concentração. Os nazistas realizaram testes de controle de massas, resistência ao frio e calor extremo, amputação proposital de órgãos, aplicaram as mais variadas injeções, vírus, bactérias, além de outras nefastas experiências. A par dessas experiências, órgãos secretos do governo iniciaram pesquisas similares que tinham seres humanos como cobaias.

Quando a União Soviética caiu, os bilhões investidos na ciência foram parar no mercado negro. Projetos antes confidenciais assim como estudos que revolucionavam distantes ramos da ciência se tornaram acessíveis a qualquer um disposto a pagar. Da tecnologia militar à medicina, da agricultura à sociologia, de estudos sobre extraterrestres a testes de capacidades psíquicas, uma montanha de conhecimento gerada nos anos de ouro da União Soviética fez fortunas ilegais no submundo.

Algo semelhante, ainda que numa escala bem menor, aconteceu quando a desconhecida, porém poderosa, TNA caiu. Anos de pesquisas e milhões investidos vazaram para o mercado negro através de cientistas inescrupulosos. O lado positivo disso é que algumas informações chegaram até nós, permitindo que soubéssemos um pouco melhor sobre o que se passava por trás da empresa.

Os escândalos de corrupção da TNA vieram à tona em 2002, mas outra história, muito mais cruel e aterrorizante, ainda está escondida. Vamos aqui revelar o que conseguimos obter através de entrevistas, depoimentos e arquivos. Temos certeza de que há muito mais para ser descoberto.

A segurança, ou, para ser mais exato, a paranoia, sempre foi marca registrada da TNA. Seus projetos eram quase sempre classificados como secretos. Esse procedimento se devia ao fanatismo do seu líder, Boris Dortman, e por causa disso ainda sabemos pouco sobre as maquinações da empresa. De todos os projetos, o que mais choca, revolta e aterroriza é aquele com o estranho nome de Anã Branca. O projeto era classificado como IH, ou seja, um nível acima do ultrassecreto, usado apenas por algumas agências de inteligência ao redor do mundo.

Os cientistas do projeto Anã Branca acreditavam ser possível desenvolver as capacidades inatas dos seres humanos (também chamadas paranormais). Certamente eles tiveram acesso às informações geradas pela União Soviética nos anos 1960 e 1970, em que fortes evidências sobre as capacidades paranormais eram dadas. Como é comum na ciência, o começo do projeto Anã Branca foi marcado por erros. O problema é que eles recaíram sobre seres humanos! Acredita-se que pelo menos onze pessoas foram usadas no experimento. Ao invés de levar a esperada ampliação mental, as experiências levaram à incompreensão e horror a suas vidas.

As reações foram as mais variadas. Alguns se sentiam perseguidos por seres irreais, criavam mundos paralelos onde as mais estranhas teorias de conspiração os colocavam no centro de tudo, outros ficavam tão impactados pela experiência que se tornavam alheios a qualquer estímulo exterior, vivendo presos em suas mentes. Outros se tornaram extremamente violentos, perdendo toda a razão, parecendo, no final, mais animais do que seres humanos. Uma paciente se tornou uma artista obcecada, não conseguia ficar um segundo sem criar alguma obra de arte, seja desenhando, escrevendo, criando esculturas ou cantando. As obras eram estranhíssimas, mais parecendo representar um mundo onde seres humanos tinham formas incompletas, onde máquinas, ruas e carne se mesclavam, onde não havia limites ou divisões entre pessoas e objetos, tudo era como uma única e ilimitada entidade orgânica. Ela cantava hinos absurdos, com ritmos e harmonias bizarras que incomodavam profundamente os médicos e deixavam alguns pacientes alucinados. A obsessão pela arte era tão grande que ela resistia às mais fortes doses de tranquilizantes para continuar criando suas obras macabras. Quando não tinha materiais para criá-las, desenhava na própria pele, esculpia mordendo-se, furando-se, tamanho era o desespero por recriar aquilo que via em sua mente.

Nenhuma operação foi bem-sucedida. Com graus variados de perturbação, todos os pacientes foram vítimas, caindo numa teia onde a mente distorcia a realidade e os conduzia a um mundo de pesadelos."

Conforme lia, refinava a sua pesquisa, ia em direção daquilo que mais interessava. Estava espantado por nunca ter ouvido a história da TNA antes. Era um jornalista e se julgava sempre em compasso com as notícias. Mais um site:

"CIÊNCIA SEM LIMITES"
Casos verídicos de pessoas submetidas às mais torturantes experiências científicas

Sua pesquisa foi interrompida por um tapa na mesa. Era Ivan.

– Por que chegou atrasado do almoço? Olhe o seu estado, parece um lixo, não pode se apresentar assim. Acha que o jornal é o quê?

– Preciso terminar o meu trabalho, por favor.

– E por que se atrasou de novo? O que está acontecendo?

– Desculpa pelo que tem acontecido esses dias. – Victor falava pausadamente, media cada palavra. A última coisa que queria era mais problemas. – Desculpa pelo meu atraso. Só preciso rever algumas coisas na minha vida privada, nada a ver com o jornal. Talvez se me der uma licença de três ou quatro dias... prometo que tudo voltará ao normal. – Esse era o jeito de conduzir uma conversa racional, pensou. Mas a resposta de Ivan não foi nada racional. Com uma violência que chamou a atenção de todos no escritório, ele bateu na mesa de novo e berrou:

– Licença? Seu trabalho é um lixo, estou sobrecarregado porque não está cumprindo as suas responsabilidades, você chega atrasado pela manhã, depois tem mais de uma hora de almoço e não dá nenhuma explicação. É um moleque imaturo sem nenhum profissionalismo.

Todos no escritório olhavam atentos para a discussão. A voz de Ivan era tão alta que era impossível não ouvir. Estava vermelho de raiva e gesticulava sem parar. Victor se levantou e gritou de volta:

– O que você sabe sobre trabalho? Você é um incompetente que só tem esse cargo porque é filho de um acionista do jornal! Todos aqui estão cansados da sua arrogância... – Antes que terminasse de falar, Ivan o puxou pela camisa. Quando Victor sentiu a mão dele batendo no seu peito, perdeu o controle e sem pensar desferiu um violento soco no rosto de Ivan. Todos no escritório reagiram com espanto, ainda que muitos tiveram prazer em ver o rosto do editor distorcido pelo golpe. Alguns se levantaram e correram para separá-los, mas não havia mais nada para fazer. Não era uma briga, pois Ivan não teve forças para responder ao golpe. O soco viera bem abaixo do olho esquerdo e no mesmo instante sangue abundante desceu pelo corte. Ivan deu alguns passos para trás e caiu no chão cobrindo a parte do rosto atingida. A última coisa que viu antes de sentir o violento impacto do soco foram os olhos de Victor afundados em ódio.

Ivan se sentou numa cadeira próxima com ajuda de algumas pessoas. Em pé atrás da mesa, com a mão direita fechada, olhando para um ponto vazio, Victor sabia que aquele era o fim. Para evitar outra cena ou a humilhação de ser arrastado para fora pelos seguranças, pegou a sua pasta e caminhou firmemente para fora da redação. Ao passar por Ivan, ouviu ele dizer: 'maldito'. Mas o que dizia não importava mais, os problemas entre eles haviam terminado.

CAPÍTULO 6

– Messias?

– Sim, meu discípulo.

– A hora chegou?

– Sim, este é o momento de surgirmos para o mundo. Uma nova ordem deve ser estabelecida. Hoje é o dia em que tudo mudará, muito será perdido para que as origens sejam restauradas. A lei natural é a antiga ordem, e ela deve ser resgatada. Temos de ter pulso firme. Reúna todos os discípulos.

– Sim, Messias.

CAPÍTULO 7

A mensagem subliminar é uma sugestão, um código percebido apenas pelo nosso inconsciente. A mensagem subliminar pode ser uma imagem mostrada tão rapidamente que a nossa mente consciente não tem tempo para "vê-la", ou uma música que está abaixo da frequência captada por nossos ouvidos. Há décadas cientistas têm estudado esse fenômeno sem chegar a uma conclusão satisfatória.

Um dos aspectos mais intrigantes da mensagem subliminar desafia as explicações tradicionais da neurologia. De fato, ela cria a necessidade de rever os mais sólidos conceitos dessa ciência.

Tradicionalmente se julga que os órgãos dos sentidos (ouvidos, olhos, pele...) captam uma mensagem e a enviam para o cérebro. Isso realmente acontece. Entretanto, como se explica o fato do nosso cérebro captar, como no caso da mensagem subliminar, algo não captado pelos órgãos dos sentidos? Como pode o cérebro "ouvir" um som que os nossos ouvidos não ouvem? Ou ver uma imagem que os nossos olhos não veem?

Algumas pesquisas têm sido feitas na tentativa de explicar esse estranho fenômeno. Quando áudios com mensagens subliminares foram analisados por especialistas de som, eles chegaram a uma conclusão perturbadora: apesar do cérebro humano inconscientemente ouvir a mensagem, nem mesmo os mais sofisticados aparelhos de som conseguiram detectá-la. Esses aparelhos detectam frequências muito abaixo daquelas que o ser humano pode detectar, e ainda assim não puderam detectar as mensagens subliminares. Ao que parece, o nosso cérebro detecta, de forma inconsciente, sinais que os órgãos dos sentidos não detectam.

Victor fechou a porta do apartamento. Havia satisfação em seu rosto. Foi prazeroso ver Ivan encolhido como um animal, se arrastando no chão com o rosto ensanguentado. Aquele gesto não foi "civilizado", mas certamente lhe deu prazer.

No entanto, havia perdido o emprego e, com ele, todos os benefícios. Havia ainda a possibilidade de ser processado por agressão. Tinha de pensar racionalmente. Jogou a pasta na cadeira, pegou um pedaço de papel, caneta e começou a fazer algumas contas simples. Aluguel: pago pelos próximos dois meses. Seguro do carro: oito meses. Seguro-saúde: cancelado... Parou por um momento e lembrou de Anna implorando para ele ir a um psicólogo. A empresa iria cancelar o seguro-saúde dele em breve mas talvez pudesse usar o cartão antes disso acontecer. Sem ter um segundo pensamento, pegou o catálogo do seguro e procurou pela seção de psiquiatria. – ***Psiquiatria ou psicologia?*** – Nunca se lembrava da diferença entre elas, e pouco importava, desde que ambas tratassem da mente.

Não teve sucesso nas cinco primeiras ligações. Nenhum deles tinha horário disponível pelos próximos três meses. Precisava da consulta o quanto antes, talvez naquele mesmo dia.

Tentou a seção de psicólogos. Outras duas ligações mal sucedidas. O terceiro poderia atendê-lo em duas semanas, mas Victor duvidava que o seu cartão fosse válido por tanto tempo. Insistiu com a secretária e ela encontrou um horário naquele mesmo dia, às 17:10.

Tinha pouco tempo. Aproveitou para se recompor. Após um longo banho, se dirigiu para o consultório.

Durante o percurso, imaginou o que deveria falar. Havia tantos problemas, tanta confusão, tanta desordem que seria necessário mais do que 50 minutos só para começar.

Não teve problemas em usar o seguro saúde. Após vinte minutos na sala de espera, um homem franzino, com cerca de quarenta anos, careca, com a pele enrugada, vestindo um suéter empoeirado abriu a porta do consultório e chamou Victor. Ele entrou no consultório e deitou-se no divã antigo perto da única janela.

O psicólogo sentou-se numa poltrona larga, abriu um caderno de anotações e com um gesto com as mãos pediu para Victor começar.

– O que devo falar?

– Minha função não é induzir uma conversa. – Disse o psicólogo. – Você deve sentir-se livre para expressar o que sente da forma e no momento que lhe parecer adequado. Entretanto, acredito que às vezes as regras devem ser violadas. Se me permite, e desde que essa é a nossa primeira sessão, gostaria de perguntar o que o motivou a me procurar, digo, a procurar um psicólogo.

– Na verdade vim por sugestão de alguém, mas duvido que qualquer coisa que diga possa solucionar os meus problemas.

– As coisas que *você* disser vão solucionar os seus problemas, e não as que eu disser.

– Primeiro, quero deixar claro que nunca fui religioso nem tive nenhum tipo de crença, ou mesmo interesse em qualquer assunto que não fosse real. Não sou também um daqueles ateístas convictos, pois esses, na minha opinião, defendem o ceticismo com tanto fervor quanto os religiosos mais fanáticos. Simplesmente nunca me preocupei se Deus existe, se existe vida após a morte, se o nosso corpo tem um espírito imortal, ou se existe um mundo sobrenatural ao nosso redor. Nunca devotei mais de um minuto em minha vida inteira a essas questões; elas simplesmente não me interessam. Estou dizendo isso porque sei que posso lidar com todos os problemas que tive, mas recentemente algo aconteceu... – Victor parou, olhou para o psicólogo esperando encontrar um olhar de escárnio, mas como um bom profissional, não revelou nenhum sentimento. – Vou ser mais direto. Nós temos pouco tempo. O motivo pelo qual vim aqui é que ontem à noite aconteceu algo inexplicável. Imagino que vai tentar me desacreditar, mas você não estava lá, eu, sim, e vi, ouvi e senti. Sempre fui racional, talvez materialista, mas ninguém pode negar o que vi. Foi tão real quanto estar vendo o seu rosto, ou estar deitado neste divã.

– Talvez queira me contar o que aconteceu.

O psicólogo ouviu a história de Victor em silêncio, prestando bastante atenção. Quando Victor terminou, o psicólogo perguntou calmamente:

– Isso é tudo?

– Como disse, estou certo do que vi. Foi real. E essa manhã tive um encontro com a minha ex-namorada e ela... bem, ela de certa forma confirmou o que eu disse.

– O que quer dizer?

– Ela disse que, nos últimos dias em que moramos juntos, eu agia como se outras pessoas estivessem no apartamento, e que eu parecia ser outro. Às vezes me levantava procurando algo, falava coisas sem coerência.

– Pessoas que ela mesma não podia ver. – Disse o psicólogo intrigado. – E você não se lembrava de nada?

– Não. Ela disse que isso aconteceu umas cinco vezes em pouco menos de duas semanas. Mas eu não tinha nenhuma recordação. Quando ela me contou, comecei a lembrar vagamente.

– E qual foi a última vez que ela o viu agindo assim?

– Um dia antes da gente terminar, quatro meses e meio atrás.

– E, durante esse tempo, você morou sozinho?

– Isso é um interrogatório? – Victor perguntou com uma risada seca.

– Desculpe-me, algumas vezes não faço o perfil do psicólogo clássico. Acho que em certas situações a intervenção é mais produtiva.

– Sim, morei sozinho no meu velho apartamento.

– O que estou tentando esclarecer é o fato de que entre as primeiras experiências, das quais você não tinha nenhuma lembrança, até a última, na noite passada, há um espaço de tempo considerável. E como estava morando sozinho, ninguém pode dizer quantas outras ocorreram.

Esse era um pensamento que não havia ocorrido a Victor, apesar de ser perfeitamente lógico.

– Nada aconteceu.

– Não sabemos. – Disse o psicólogo calmamente. – Peço perdão por ser tão incisivo, mas é importante conhecer todos os fatos antes de tentarmos compreender o que está acontecendo.

Pelo menos, Victor pensou, *não está me tratando como louco*.

– Só me lembro de alguns fragmentos, e nada exceto o que ela me falou.

– Você se esforçou para se lembrar de qualquer experiência que possa ter tido durante o tempo em que morou sozinho?

– Como posso me lembrar de algo que provavelmente nunca aconteceu? – Victor perguntou asperamente. – Lembro da noite passada, nunca vou esquecer, e esse é o motivo da minha vinda até aqui. E...

– Sim? – Perguntou o psicólogo.

– Nada. – Victor iria falar sobre a visão que teve naquele dia após a conversa com Anna e as pesquisas que fez sobre a TNA, mas preferiu manter aquilo em segredo. Por algum motivo, achava prudente ocultar aquela informação por enquanto.

– O senhor aceitaria ser hipnotizado? – Perguntou o psicólogo subitamente.

Victor olhou com surpresa. – Por quê?

– É o único método pelo qual algumas memórias podem ser revividas.

– E por que acha que não me lembro?

– Não sei, ainda. Existem muitas hipóteses. – Disse o psicólogo.

– Eu pensava que hipnose era um método ultrapassado. Sei que o hipnotizado pode ser induzido a fazer, dizer ou recordar qualquer coisa.

– Isso é apenas parcialmente verdade. A hipnose é uma ciência que tem evoluído muito nos últimos anos justamente para eliminar problemas como esses.

Victor estava incerto. A ideia não lhe atraía em nada, e havia o temor de que a hipnose pudesse revelar coisas para as quais não estava preparado.

– Vim aqui para tentar resolver um problema, mesmo sem ter nenhuma esperança de que isso pudesse acontecer, mas você quer, literalmente, colocar mais problemas na minha mente com essa conversa de hipnose.

– Acho que a sua vinda aqui foi muito auspiciosa. – Disse o psicólogo enquanto deixava o caderno de anotações de lado e se aproximava de Victor. – Sei que o nome hipnose atrai muitas suspeitas, mas ela é apenas uma ferramenta, e como tal, pode ser bem ou mal utilizada. O mesmo arco e flecha que foi usado para caçar, serviu para fazer a guerra, o mesmo procedimento que cria um antibiótico, cria uma bactéria nociva, tudo depende do modo como usamos as ferramentas ao nosso redor. Se me permite, vou lhe dar uma breve explicação. O nosso cérebro está a todo o momento registrando milhares de informações, mas apenas uma pequena parte é registrada pela nossa mente consciente, e dessa parte, apenas uma fração é retida pela nossa memória. Você tem ideia de quantas informações a sua mente está captando neste exato momento?

– Isso é realmente necessário? – Victor perguntou.

– Apenas tente responder.

– Estou ouvindo a sua voz, estou pensando, estou vendo... Acho que é isso.

O psicólogo reclinou-se na cadeira com um sorriso de satisfação estampado no rosto. – Essas são as informações que a sua mente consciente está recebendo. Mas se prestar atenção nos diferentes sentidos do seu corpo, vai perceber que há milhares de outras informações ao seu redor.

– Acho que essa conversa está indo longe demais.

– Vou lhe dar uma prova do que estou falando. Concentre-se no seu tato. Concentre-se nos seus pés, nos dedos do seu pé. Sinta sua meia envolvendo-os, sinta os músculos, agora sinta a sua perna, o seu braço apoiando-se nela, a calça tocando-a, tente sentir toda a sua pele, os outros músculos, sinta a sua coluna, imagine um raio atravessando toda ela, tente sentir os diferentes pontos ao longo dela, sinta novamente os dedos do seu pé. Agora tente ouvir os sons ao seu redor, apenas pare e ouça.

Victor fechou os olhos. Até então apenas ouvira a voz do psicólogo. Logo, prestando atenção nos sons ao redor, começou a perceber o barulho dos carros, as buzinas, os motores, alguém assoviando, a secretária na sala de espera movendo a cadeira, a respiração do psicólogo, o tique-taque do relógio, uma infinidade de sons que até então pareciam não existir. Abriu os olhos e perguntou:

– Isso é hipnose?

O psicólogo deu uma gargalhada. – Não, apenas um exercício para provar que a nossa mente está a cada segundo registrando milhares de informações. O que você tentou fazer foi usar a sua parte consciente para capturar algumas dessas informações. Creio que percebeu que não é possível se ater a mais de três ou quatro informações diferentes ao mesmo tempo. Talvez tenha percebido também que enquanto tentava se concentrar, milhares de pensamentos vieram à sua mente. Quanto mais tentamos ter uma ampla percepção dos nossos sentidos, mais a nossa mente consciente nos puxa na direção contrária. Quando pedi para ouvir os sons, você fechou os olhos. Por quê?

– Só achei que seria mais fácil.

– Está certo. A visão é o nosso principal sentido, quando queremos enfatizar outro sentido, como a audição, naturalmente anulamos a visão. Mas por mais que nos concentremos, não temos consciência de tudo que o nosso cérebro capta. A cada instante o nosso tato, visão, audição, olfato e, em menor grau, o paladar, estão sendo bombardeados por informações.

– E o que isso tem a ver comigo?

– Tudo. Através da hipnose poderemos trazer as memórias mais recalcadas à tona, as informações que o seu consciente não registrou ou não quis registrar, mas que estão nos porões do seu inconsciente.

– E por que eu deveria confiar em você?

O psicólogo não esperava uma pergunta como essa. Ele raspou a garganta e disse sem graça:

– Bem, sou um profissional e, cruamente falando, não tenho nenhum interesse salvo o profissional. Quero entender o seu caso para entender melhor a mente humana.

– Tudo pelo bem da ciência! – Victor exclamou com sarcasmo. – No começo da consulta você me perguntou por que vim aqui. Agora, me responda, por que acha que vim aqui?

– Por querer entender. A busca pelo conhecimento é algo inerente aos seres humanos. Desde quando os nossos ancestrais habitavam as cavernas, eles queriam entender como o mundo funcionava, como o céu girava, como as plantas cresciam, o que havia depois da morte, qual era o sentido de tudo que nos cerca. Estamos sempre buscando alguma coisa. Alguns escolhem a ciência para explicar o mundo, outros a arte, outros a religião, há ainda aqueles tentam esquecer essas questões, mas, às vezes, como no seu caso, esquecer é impossível.

Victor se aproximou, olhou fixamente nos olhos dele. – Isso pode ser verdade, mas no meu caso não é apenas um desejo de conhecimento. O que quero é fazer isso parar. Não vou terminar a minha vida como um lunático ouvindo vozes. Quero ser quem eu sempre fui, quero a minha vida de volta.

– Então o que teme? A hipnose é o único meio para começarmos a encontrar uma resposta. Você aceita ou não?

CAPÍTULO 8

Victor saiu do consultório às 18:40 e se dirigiu para um bar que há muitos anos não visitava. A última coisa que queria era voltar para casa, mas agora que estava desempregado, e, portanto sem nenhuma obrigação, resolveu que naquela noite iria se embebedar.

Ao contrário de uma atmosfera agradável, repleta de velhos conhecidos, Victor achou o lugar deprimente. Viu alguns rostos familiares, mas ninguém o cumprimentou.

Após sentar-se num canto, pediu uma dose de uísque sem gelo. Virou assim que chegou e pediu uma dose de vodka. Estava fazendo tudo para esquecer, mas isso era tudo o que não conseguia. As últimas palavras do psicólogo ainda estavam frescas nos seus ouvidos: "Você aceita ou não?"

Além de não conhecer o psicólogo, a ideia de ser hipnotizado era estranha. Por outro lado, qual opção tinha? Tirou o cartão do psicólogo do bolso, deu um gole na bebida e pensou na proposta. Tentou se lembrar dos eventos que Anna lhe contou, em especial da noite em que ela disse tê-lo visto com uma faca. Terminou a bebida e se sentiu um pouco zonzo, mas era isso o que queria e mais uma dose foi pedida. O garçom disse que não queria nenhum bêbado criando problemas. Victor o ignorou e continuou bebendo.

A noite estava próxima do fim e, em vez de esquecimento, a bebida só tornou a mente dele mais confusa. Quando se preparava para deixar o bar, Victor, subitamente, sem nenhuma razão aparente, se lembrou das palavras de Anna: "Você estava em pé na cama, sem roupa, olhando para mim... não esqueço do seu rosto, era cheio de maldade." E a lembrança daquela noite veio à mente dele.

Lembrou-se perfeitamente de ter acordado no meio daquela noite. Olhou para o quarto ao redor sem conseguir reconhecê-lo. Sabia, no entanto, que estava atrasado para algo importante. Levantou-se da cama e começou a se despir. Algo lhe dizia que precisava de roupas brancas. Anna dormia. Ele precisava achar algo, encontrar alguém, estava muito confuso. Saiu do quarto e foi para o banheiro procurando algo. Pegou gazes, mercúrio, mas tinha mais coisas que precisava encontrar. Andou pelo apartamento desorientado, mais uma vez sem reconhecer o lugar. Por fim, chegou à cozinha e pegou uma faca. Apenas com a faca na mão caminhou de volta para o quarto e olhou para Anna. Ficou ali parado por alguns minutos, até que Anna acordou e com um grito trouxe Victor de volta à realidade. Ele viu a faca em sua mão sem entender o que estava fazendo, jogou-a no chão e deitou-se na cama.

Saiu do bar atormentado pelas lembranças. Começou a caminhar em direção de casa. Estava longe, mas não tinha a menor intenção de dirigir no estado em que estava. Puxou o cartão do psicólogo, pegou o celular e ligou.

– Alô? Quem é? – Perguntou o psicólogo.

– Victor. Está me ouvindo?

– Estou. Você está bem? São quatro horas da manhã.

– Sei que horas são. Eu aceito, mas tenho algumas condições.

CAPÍTULO 9

A primeira sessão de hipnose foi marcada para o mesmo dia, às 19:00. Victor se sentiu envergonhado quando encontrou o psicólogo novamente.

– Desculpa por ter ligado tão tarde.

– Acredito que todas as suas exigências foram cumpridas. – O psicólogo falou, ignorando o pedido de desculpa. – Aqui está a câmera que irá gravar toda a sessão. As fitas serão de minha propriedade, mas estou assinando este documento dizendo que não posso usá-las publicamente nem citar o seu nome sem a sua prévia autorização. Obviamente, não vou pedir a sua senha bancária quando estiver hipnotizado.

– Desculpa por falar isso, estava um pouco alcoolizado.

– Da minha parte, quero exclusividade sobre qualquer material produzido a partir da hipnose. Sou o único autorizado a estudar as fitas e retenho propriedade intelectual de todo conhecimento que possa ser gerado. Você deve relatar todas as suas atividades diárias. Estou lhe dando este caderno e espero que ele seja preenchido detalhadamente. Assine aqui, por favor.

Victor leu o acordo e assinou.

– Concordo em abrir mão dos meus honorários desde que seja fiel ao nosso estudo. – Disse o psicólogo com ênfase.

– Preciso falar algo antes de começarmos.

Victor contou que havia se lembrado do episódio com a faca.

– Interessante. – Disse o psicólogo após tomar algumas notas.

– Podemos começar?

O psicólogo ajeitou o equipamento de filmagem e se preparou para começar a hipnose. Colocou uma música bem baixa e falou de maneira cadenciada, monótona. Quando Victor o viu retirando um pêndulo do bolso, teve vontade de rir, mas em poucos minutos foi enfeitiçado pelo movimento sinuoso do pêndulo e a última coisa de que se lembrou foi do rosto do psicólogo desaparecendo como nuvens. Depois, foi apenas o vazio.

Quando Victor abriu os olhos novamente, estava gritando no chão, sangue escorria do nariz e sentia algo atravessando o cérebro. O psicólogo estava próximo a ele e parecia aterrado. – Acorde! Acorde!

– O que está acontecendo? O que você está fazendo comigo? – Victor perguntou enquanto se sentava no divã com a ajuda do psicólogo. – Por que meu nariz está sangrando? – Ele colocou a mão na cabeça à procura de algum ferimento, mas não havia nenhum. A dor começou a dissipar, apesar de ainda ser intensa. Victor empurrou o psicólogo com violência e gritou:

– O que estava fazendo?

– Só estava seguindo os procedimentos rotineiros!

Victor se levantou com fúria e segurou o psicólogo pelo colarinho da camisa. – Quero a verdade, vamos!

– Fiz algumas perguntas... Tudo ia bem até o momento em que pedi para você me contar o que aconteceu duas noites atrás. No primeiro instante você não reagiu, o que foi estranho. Perguntei de novo e você disse que estava se preparando, mas se recusou a dizer para o quê. Comecei a duvidar que estava realmente sob hipnose. Mudei a abordagem e perguntei sobre a sua infância, as primeiras memórias que tinha, mas você olhou para mim como se não entendesse o que eu falava. Perguntei sobre a sua família e você me contou que a sua mãe faleceu quando você era criança e o seu pai há alguns anos atrás. Você se lembrava dos momentos mais marcantes da sua vida, mas não conseguia descrever o passado, era como se as suas memórias fossem um quebra-cabeças impossível de montar. Você tem algumas peças na mão, mas elas estão desconectadas. Então, perguntei o que aconteceu entre a morte da sua mãe e a do seu pai; você não se lembrava de nada. Perguntei o que aconteceu após a morte do seu pai. Você permaneceu em silêncio por alguns minutos e de repente soltou um grito terrível, caiu no chão segurando a cabeça, logo seu nariz estava sangrando.

– Não acredito!

– Então veja a fita!

Victor soltou o psicólogo, pegou a fita na câmera e assistiu. Era tudo verdade.

– Como está o nariz? Pode se lavar no banheiro. – Disse o psicólogo.

– Obrigado. Minha cabeça estava explodindo, foi uma dor horrível. Estou melhor agora. – Levantou-se e foi ao banheiro. O psicólogo pegou o caderno de notas e começou a escrever.

– Peço desculpas pela minha reação. – Disse Victor após ter limpado o sangue do rosto. – Foi perturbador. Quando percebi estava no chão berrando de dor, só de falar começo a sentir umas pontadas aqui atrás da cabeça. É pior do que uma enxaqueca.

– Tenha calma e relaxe. Foi realmente, como posso dizer, assustador, ou melhor, inusitado. Nunca vi algo assim em minha vida. Você se machucou quando caiu no chão?

– Creio que não. Vamos retomar a sessão?

– Claro, isso é só o começo. Que tal na semana que vem?

– Que tal agora?

– Agora? Você está sob imenso impacto, a primeira sessão teve resultados inesperados, preciso pensar sobre o que aconteceu. As suas reações foram únicas, nunca ouvi falar de algo assim. Talvez precise consultar outros especialistas.

– Não quero esperar mais. Quero terminar o quanto antes, se você estivesse na minha situação também iria querer.

O psicólogo tentou protestar, mas, percebendo a resolução de Victor, aceitou.

Demorou mais de uma hora para Victor entrar em estado de transe. Quando finalmente parecia hipnotizado, o psicólogo iniciou uma nova abordagem.

Quando abriu os olhos novamente, Victor se sentia exausto.

– Que horas são? – Perguntou.

– Onze e quarenta.

– Quanto tempo fiquei hipnotizado?

– Aproximadamente três horas.

– Três horas?

– A maioria das sessões dura pouco menos de uma hora, mas três horas ainda é seguro. – O psicólogo explicou.

– Não é à toa que estou tão cansado. Preciso ir para casa.

– Isso é normal. A hipnose é um processo que consome muita energia.

– E o que tem para falar sobre a sessão?

– O seu caso é único. Em alguns pontos, devo confessar, fiquei perdido. Vamos precisar de uma tomografia de ressonância magnética. É como uma fotografia do seu cérebro.

– Sei o que é. Mas por quê?

– É só uma sugestão. Acho que poderá nos ajudar. Você não tem nenhum motivo para se preocupar, o método é seguro.

– Pensava que somente médicos, talvez psiquiatras, pudessem requisitar esse tipo de exame. – Victor observou.

– Está certo. Sou psiquiatra de formação. Além disso, trabalhei com esse tipo de equipamento quando era residente no hospital. Ainda tenho alguns contatos que podem nos ajudar a marcar uma sessão em breve.

– Bem conveniente. E o que espera encontrar?

– Quero saber se as suas reações à hipnose têm uma origem física.

Victor riu secamente. – Parece que me tornei o seu ratinho de laboratório.

– Posso conseguir uma sessão para você em poucos dias.

– Só espero que o meu antigo seguro saúde cubra isso.

– Você concorda? – Perguntou o psicólogo.

– Para ser sincero, não tenho muito mais a perder. Só quero manter a minha privacidade.

– Claro. Posso marcar uma sessão para você? Em geral há uma lista de espera, mas vou tentar conseguir algo ainda nesta semana.

– Ótimo, o quanto antes melhor.

– Vou entrar em contato em breve. Como está a sua cabeça?

– Melhor. Ainda um pouco dolorida. – Disse Victor se dirigindo para a porta.

– Qualquer problema, me ligue.

– Obrigado.

Despediu-se e saiu do consultório. O psicólogo pegou o caderno de notas e escreveu até o dia amanhecer. Estava excitado. Às sete horas da manhã, ligou para um antigo amigo que trabalhava como legista da Polícia Federal. Iria pedir um grande favor, torcia muito que o amigo o ajudasse. Queria todos os dados possíveis de Victor.

Ao entrar no carro, Victor começou a repetir para si mesmo: – Éirich, neuronal, circuito interno... – palavras vindas das profundezas do seu inconsciente. O que elas significavam? Pegou uma caneta no porta-luvas do carro, um pedaço de papel e escreveu:

O HIPOTÁLAMO É O SEGREDO. O TERCEIRO OLHO, COMO ESTAVA ESCRITO HÁ MAIS DE 5 MIL ANOS.

RELATÓRIOS, INÍCIO DE TUDO - 167 PARQUE ILDAN, AMIR FERRES.

Olhou para o pedaço de papel. Estava perplexo. Aquilo não tinha nenhum sentido. Por outro lado, tinha a impressão de conhecer algumas daquelas palavras muito bem.

Pegou o mapa de rodovias e procurou por uma cidade chamada Amir Ferres. Havia um pequeno ponto com esse nome, bem ao sul do estado, numa região que certamente nunca tinha ido. Ao ver "Amir Ferres" escrito no mapa visualizou a cidade perfeitamente, como se conhecesse todas as suas ruas.

Ligou o carro e parou no primeiro posto de gasolina. Seria uma viagem de pelo menos cinco horas, mas estava decidido.

CAPÍTULO 10

Durante todo o tempo Victor tentou dar sentido às palavras que escrevera. Foi isso que o manteve acordado durante a cansativa viagem.

Estacionou num pequeno hotel dentro da cidade e pediu para ser acordado às nove horas da manhã. Apesar do cansaço, queria descobrir o que aquele endereço significava.

Acordou com o seu celular tocando. Eram 8:40 da manhã.

– Alô!

– Victor, bom dia, aqui é Martin Telles, seu psicólogo. Tenho duas notícias, uma boa e uma ruim. Vou começar pela boa: consegui marcar a sua sessão para hoje à tarde.

– Não posso ir hoje, talvez amanhã.

– Como assim? Foi tão difícil conseguir esse horário!

– Agradeço o esforço, mas estou fora da cidade.

– Onde está?

– Em Am... não importa, estarei de volta amanhã. Prometo.

– Devia ter me avisado, não pode desaparecer assim!

– Foi um imprevisto, me desculpe. Qual é a notícia ruim?

– Vai ser muito difícil remarcar esse exame. Vou tentar. Vai estar de volta amanhã, não é?

– Creio que sim. – Victor respondeu.

– Preciso de uma resposta concreta.

– Amanhã estou aí. E qual é a notícia ruim?

– O seu seguro saúde foi cancelado.

Victor virou-se na cama. – Esse exame deve ser uma fortuna.

– Quase.

– Então são duas notícias ruins. Tudo bem, vamos fazer de qualquer jeito.

– Vou ligar assim que conseguir remarcar, mas será difícil, talvez tenhamos que esperar alguns dias.

– Obrigado. Tenho que ir.

– E como está se sentindo?

– Sem novidades. Nada de anormal. Aguardo a sua ligação.

Desligou o telefone e logo estava caminhando em direção à rua Parque Ildan, 167.

As ruas eram estreitas, estava numa região industrial. Tinha uma sensação de familiaridade tão forte que deixou o mapa da cidade no bolso. Parecia conhecer muito bem as ruas, as entradas, a direção da cidade. Não demorou muito para encontrar a rua. Caminhou com excitação. Ao chegar ao número 167, viu uma construção relativamente pequena, com dois andares, parecendo uma clínica abandonada. Os vidros estavam quebrados, uma das janelas pendia solta. Havia marcas de incêndio em tudo. A placa que indicava o nome do lugar fora arrancada, impossibilitando saber que lugar era aquele. A rua estava deserta. Mesmo se houvesse alguém passando, Victor não iria arriscar fazendo perguntas, queria ser o mais discreto possível. Teve um pensamento que deveria ter tido antes: olhar no catálogo o nome do proprietário da casa.

Perguntas surgiram: quem deixaria uma clínica abandonada daquele jeito? Qual foi a causa do incêndio? E como ele, Victor, conseguiu chegar até ela sem mapa ou perguntar a ninguém, por puro instinto?

Resolveu olhar mais perto. A estrutura da clínica estava relativamente bem preservada. A porta principal estava fechada, o que intrigou Victor, pois em um incêndio aquela deveria ser a saída principal. A não ser que não houvesse ninguém dentro dela ou então aqueles que estavam dentro nunca tivessem saído. Abriu a porta com um forte empurrão e chegou a uma sala onde havia uma mesa parcialmente devorada pelo fogo, dois grandes armários tombados, pedaços de cortina espalhados pelo chão.

Surgiu em sua mente a imagem de quadros pendurados na parede, pessoas entrando e saindo, vozes, o barulho do ar-condicionado;

era como se pudesse reconstruir mentalmente como o lugar havia sido no passado.

Então, murmurou sem perceber ao certo o que dizia: – No subsolo tem uma pequena porta, na última sala... arquivos físicos, documentos...

Foi até o fundo da sala. Do lado direito havia uma porta. Abriu-a. Uma nuvem de cinzas subiu. Somente após alguns minutos conseguiu reabrir os olhos e descer pela escada em espiral. Ao contrário do restante do lugar, o porão não estava tão destruído, apesar das marcas do incêndio serem claras.

A escada rangeu, mas resistiu ao peso dele. Uma parte do subsolo estava vazia. No canto esquerdo, havia um armário com portas de vidro completamente destruídas. Ao lado deste, estava um arquivo de ferro com quatro gavetas largas. Instintivamente, Victor abriu o arquivo. A primeira gaveta estava vazia. A segunda, repleta de recibos, protocolos, documentos fiscais. Deu uma rápida olhada neles. Mexeu nos papéis e descobriu que as suas suspeitas estavam certas. Aquela era uma clínica, um núcleo de pesquisas ligado ao Departamento de Biociências da Universidade de Altos Estudos. Abriu a terceira gaveta. Dentro dela havia inúmeras pastas rotuladas. Pegou a primeira e a abriu:

PACIENTE 1 – EXPERIMENTO DE LESÃO

Continha fotos que o chocaram. Uma mulher de meia idade estava deitada numa maca. Metade do crânio dela estava aberto. Um médico estava ao lado examinando. Outras fotos mostravam o cérebro em detalhes. Atrás de uma das fotos estava escrito:

> *Danos no lobo frontal esquerdo. Será que a variação da atividade nessa área permite ao cérebro desenvolver atividades paranormais?*

Junto às fotos havia um papel parcialmente queimado:

> "... 56 anos, foi....
> ...pelos vizinhos. Desde a infância foi dita ter capacidades de telecinese. Casou-se ... em 1973, o primeiro marido morreu

de ataque cardíaco. Na vila espalhou-se o boato que ela usou magia negra para matá-lo, pois ele a violentava constantemente. Casou-se de novo após dois anos. Em 1986, o segundo marido morreu por COMBUSTÃO ESPONTÂNEA. No dia da morte dele, ela relatou à irmã que sonhara com o marido queimando no inferno. PIROCINESE?"

Pirocinese é a capacidade de criar fogo somente com a força do pensamento, telecinese a de mover objetos com o poder da mente, Victor lembrou.

Era comum em vilarejos afastados atribuir capacidades como essas a pessoas renegadas pelo grupo social, associando-as à bruxaria e magia negra. Mas o que isso teria a ver com uma dissecação cerebral, que era o que as fotos revelavam?

PASTA 2 – LOBOTOMIA – CASO INUSITADO – RELATADO POR VALTER CHAINMAN, PRATICANTE DA LOBOTOMIA NOS ESTADOS UNIDOS – DESTRUIÇÃO DE TECIDOS CEREBRAIS.

Dentro da segunda pasta havia um recorte de jornal:

"(...) indivíduo apresenta disfunções de aprendizado desde a infância. É agressivo e tem uso limitado da linguagem. Nunca aprendeu a escrever, apesar dos esforços dos pais e professores. Os moradores da região o chamavam por Roy Xamã, pois dizem que é capaz de dizer o que as pessoas estão pensando só de olhar nos olhos delas (...)"

"... opiniões de pessoas sem cultura, que vivem cercadas de crenças. A primeira lobotomia foi realizada no dia 02 de fevereiro de 1949. Como não apresentou melhoras, uma segunda foi feita um ano depois, em março. Por acaso, visitei a mesma região quatro anos depois e soube do lamentável incidente envolvendo Roy Xamã. Após a segunda operação, que foi um sucesso, os tecidos cerebrais devem ter crescido novamente com as mesmas deformações. Roy perdeu a fala e se tornou recluso, vivendo numa rude cabana longe da vila. Ocasionalmente era visitado por enfermos entre aquela gente inculta, que acreditavam que ele poderia descobrir qual doença tinham e quais plantas poderiam curá-los."

Embaixo, vinha uma nota escrita à mão:

Disfunções mentais: perda do equilíbrio (como o chi da filosofia chinesa; o ka da egípcia), não desenvolvimento de funções comuns (fala, escrita, sociabilidade...) enquanto outras áreas do cérebro são hiperestimuladas. Não é surpresa que tipos como os grandes místicos, os voluntários dos testes psíquicos soviéticos e outros com poderes mentais inusitados tenham comportamentos estranhos ou dificuldade para lidar com problemas simples do cotidiano.

Havia outras pastas danificadas pelo fogo. Não conseguiu identificar o que elas continham, pareciam ter vários manuscritos.

Então, ouviu um barulho vindo do primeiro andar. Correu para o basculante do subsolo. Dali viu duas pessoas paradas olhando a porta aberta. Uma delas gritou: – Quem está aí?

Elas deram alguns passos dentro da sala no andar superior, mas voltaram para trás e saíram. Victor pegou as pastas e subiu as escadas rapidamente. Instintivamente correu para o lado oposto e saiu por uma porta dos fundos. Para a sorte dele, o muro era baixo e conseguiu pulá-lo. Não sabia quem eram as duas pessoas, provavelmente vizinhos que o viram entrando. O melhor era ir embora o quanto antes. Sentia que havia cumprido uma missão. Algo naquelas pastas poderia lhe dar as respostas que buscava, ou ao menos parte delas.

CAPÍTULO 11

Havia quatorze deles. Messias olhava do alto de um altar improvisado, feito de madeira velha. O lugar, o subterrâneo da cidade, tinha um aspecto maligno. Gigantescas tubulações de ar desativadas atravessavam os túneis das antigas de linhas de metrô iluminadas por tochas presas ao longo das paredes. Não havia nenhum tipo de equipamento elétrico ou eletrônico, até mesmo metal deveria ser pouco usado.

– Meus discípulos. – Messias iniciou de maneira sedutora. Sua voz tinha o tom de um líder religioso, mas o que ele pregava era a destruição, a exterminação daquilo que lhe parecia ser a maior inimiga da humanidade: a tecnologia. – Desde a revolução industrial o ser humano tem se tornado cativo dos seus próprios instrumentos. As mãos artificiais que criou estão se apoderando dele. Bisturis mudam nossa carne, refazem nossos ossos, tubos de ar atravessam a nossa garganta, infiltram nossos pulmões, capturam nossos rins, perfuram o nosso corpo, esse templo sagrado. Drogas têm tomado conta do nosso sangue, ruídos calam os sons harmoniosos da natureza, cinzas ocupam o céu e as águas. A tecnologia é um monstro com milhares de olhos, bocas, rostos e garras nos mastigando lentamente ao longo da nossa vida, que nos vomita, rumina, e devora de novo até nos transformar num corpo sem vida. Está em todos os lados, se infiltra por todos os poros da sociedade, seja pelos tubos de televisão emitindo ondas que nos fazem parar, assentar e cair hipnotizados, seja pelas vozes dos telefones ou pelo barulho das máquinas que riem do que somos, do que fizemos a nós mesmos. Somos monstros martelando nossa própria carne, abrindo nossas veias e alimentando as engrenagens das máquinas com o nosso sangue. Hoje, meus discípulos, filhos de uma nova era, iremos enfrentar esse monstro.

Ao terminar, fechou os olhos, recordou-se dos traumas da sua operação, da violência, do medo e da calma que surgiu quando, finalmente, entendeu a verdade, quando encontrou um inimigo para canalizar todo o seu ódio e medo.

Entre os discípulos não havia um que tivesse a mesma fibra de Messias. Mas ele foi o homem que lhes deu um mundo no qual acreditar. Quando acuado pela sociedade, o ser humano aceita qualquer oferta.

Havia, no entanto, um grande paradoxo no plano de Messias. Iria enfrentar a tecnologia através da tecnologia. Três bombas foram colocadas nas instalações de uma empresa de pesquisa genética; uma na IDENT Computadores S.A.; duas em dois canais de TV; uma na Rede Central de Telefonia. Foram sete minuciosos anos de planejamento. O bando sobreviveu nesse tempo através de roubos, assassinatos encomendados e outros crimes do submundo. Messias não considerava humanos aqueles que viviam submetidos aos poderes das máquinas. A vida deles, portanto, poderia ser tomada se assim fosse necessário.

CAPÍTULO **12**

Victor voltou para casa. As outras pastas que pegou acabaram por revelar pouco. Voltou suas pesquisas novamente para a internet. Digitou:

Parque Ildan 167 Amir Ferres

Depois de quatro sites sem nenhum dado útil, começaram a surgir as informações. Com as habilidades de jornalista, filtrava o que era importante e começava a montar o quebra-cabeça.

> "A clínica ligada à Universidade de Altos Estudos, em Amir Ferres, sofreu um atentado no dia 06 de setembro de 1997. Cinco foram feridos (...)"

> "Diretor de Clínica incendiada pede fim de investigação policial."

> "Estudos ilegais poderiam estar sendo conduzidos na clínica (...) por que as investigações foram interrompidas?"

> "(...) A polêmica teve início quando a pesquisadora afirmou que as clínicas da Universidade de Altos Estudos são um celeiro de testes da TNA, que seria a verdadeira mantenedora das clínicas. Os indícios para tais afirmações são fortes, entre

eles o fato de que grande parte do corpo de cientistas da TNA veio da Universidade de Altos Estudos."

"As causas do incêndio da clínica em Amir Ferres, em 1997, nunca foram esclarecidas. A súbita interrupção da investigação pode reforçar a afirmação (...) Pouco depois, dois cientistas foram contratados pela TNA."

"Os moradores protestaram quando se cogitou reabrir a clínica. Para muitos deles, aquele lugar é um centro onde seres humanos foram tratados brutalmente. A universidade alegava que o objetivo da clínica era a recuperação e a socialização de pessoas com incapacidades mentais..."

Algumas palavras e nomes atraiam a atenção de Victor. Era algo quase inconsciente, ele seguia por puro instinto.

"Quadro de funcionários:
Adrian Loth – ph.D. Área de atuação – Não disponível"

Parou naquele nome. Repetiu para si mesmo:

– Adrian Loth, por que acho que conheço você? Já ouvi esse nome, talvez numa entrevista.

Pesquisou mais. O nome começava a se tornar uma obsessão.

"Adrian Loth – Graduado em Biologia, Graduado em Medicina, ph.D. em Biociências, especializado em cirurgia. Autor de um livro, dezenas de artigos (...)

Principal membro do conselho do projeto de recuperação mental na Clínica de Amir Ferres (...)

Contratado pela TNA em 1999.

Assassinado em março de 2001 por Eziel Danu, interno da clínica da TNA. Para saber mais sobre o crime, clique nesta linha!"

"AVISO – A teoria a seguir é de livre criação do autor e não necessariamente reflete as opiniões do gerenciador do site.

O ano é 2001. O fato: a morte de dois cientistas e desaparecimento (dado, então, como morto) de um terceiro. A ligação: todos trabalhavam para a TNA e foram mortos no mesmo dia. Apesar de indícios assim, o motivo real dos crimes passou despercebido do grande público. Ainda hoje resta a pergunta: foram aqueles crimes apenas uma vingança? Tudo leva a crer que não. Um paciente que consegue fugir de uma clínica que funcionava como uma prisão não iria jogar fora a liberdade pelo desejo de vingança. É difícil crer que pudesse odiar tanto a ponto de arriscar a vida por isso. E por que os cientistas assassinados não tiveram nenhuma proteção policial?"

Victor adiantou a leitura. Apesar do texto ser uma daquelas teorias da conspiração sem muita base, algumas de suas informações eram úteis.

"... e quanto à testemunha que viu Adrian saindo de casa *depois* que Eziel Danu foi morto? E quanto ao carro abandonado no subúrbio da cidade, o corpo que nunca foi encontrado... o que esses três cientistas sabiam? E ainda, por que o corpo de Danu só foi encontrado dois dias depois dos assassinatos, e a polícia nunca revelou quem o matou?"

Abriu um link do site. Veio o currículo de Adrian Loth ao lado de sua foto. Ao ver o rosto de Adrian, Victor parou, como em estado de choque. Ficou por alguns minutos olhando para aquilo sem entender.

– Que brincadeira é essa? – Murmurou para si mesmo.

Levantou-se, pegou as pastas que havia recolhido em Amir Ferres. Uma delas tinha alguns documentos escritos à mão, ele o examinou atentamente...

– O que está acontecendo? – Seus braços tremiam, respirava pesadamente, como se um imenso peso estivesse sobre o seu peito. Estava atordoado.

CAPÍTULO 13

As notícias interromperam a programação normal. A cidade estava sob ataque. Um homem chamado Messias concentrava a atenção da imprensa. Ele enviara por escrito o seu protesto contra as máquinas para estações de TV, rádios e jornais. Nenhum deles deu atenção no momento, pois recebem todos os dias cartas de fanáticos, ameaças, afirmações de contato paranormal e coisas do gênero. No entanto, à 00h17min tudo mudou. Uma série de ataques deu respaldo às cartas do líder fanático. Em questão de minutos, ele havia se tornado uma celebridade. Queriam saber quem, era, o que dizia, por que havia espalhado bombas pela cidade.

As bombas destruíram o estacionamento e o andar térreo de uma empresa de pesquisa genética deixando sete mortos e três feridos. Outras duas acabaram com a sede de uma pequena estação de TV, deixando dois mortos e doze feridos. A Rede Central de Telefonia foi parcialmente atingida, mas ninguém ficou ferido. As demais bombas falharam ou foram desativadas a tempo.

No momento em que as bombas explodiam em diferentes pontos da cidade, Messias e seu grupo saíram dos esgotos, das linhas abandonadas do metrô, e espalharam destruição e medo. Foi um verdadeiro ataque suicida, uma orgia de destruição e loucura. Enquanto os discípulos destruíam lojas, carros, telefones públicos, sinais, tudo que fosse mecânico, qualquer criação da tecnologia, Messias berrava palavras de ordem:

– A era da tecnologia deve chegar ao fim! Levante-se da sua cama, seu robô decadente, transforme-se um ser humano novamente e lute contra o monstro-máquina!

Nunca algo como aquilo havia sido visto. Era insano, brutal e, no fim, durou pouco. O grupo logo enfrentou a polícia. O fanatismo foi disperso com a morte, ou sacrifício, nas palavras de Messias. Os discípulos que não morreram, fugiram. Messias, mesmo diante da força policial, da troca de tiros, do caos, permaneceu fiel à sua crença. Enquanto proclamava um discurso enfurecido contra a tecnologia, seu corpo foi perfurado por balas.

A morte é algo para o qual somente alguns raros seres humanos estão preparados; Messias era um deles. Quando caiu no chão com a boca ensanguentada, com o peito atravessado por três balas, tinha certeza de que aquela ação havia contribuído para alertar a humanidade contra a sua criação mais terrível. Aqueles eram minutos, pensou, que iriam fazer as pessoas refletirem sobre o mundo em que viviam e as empurrariam para a mudança. Não se arrependia por não ver um futuro onde a tecnologia iria ser destruída e os seres humanos voltariam às origens, a uma vida natural, plena, integrada com a natureza. Sabia que não poderia compartilhar de um mundo sem tecnologias, pois ele mesmo trazia consigo esse mal, uma marca do mundo tecnológico. Colocou a mão na cabeça e disse num último suspiro: – Uma máquina morre comigo... o futuro pertencerá aos seres humanos.

00h58min. Tudo havia acabado. Messias era apenas um cadáver que deu margem às mais diversas especulações. Mas foi só. Suas palavras morreram após alguns dias. Em menos de um mês, ninguém, a não ser familiares das vítimas, se recordava do evento. O eletrodo da TNA implantando no cérebro de Messias foi descoberto por um legista, mas acabou virando uma lenda urbana, assim como outras atividades de grandes empresas de tecnologia.

CAPÍTULO **14**

"O acaso não existe; o que parece ser o mais simples acidente, nasce da mais profunda essência do destino."

Atribuído a Friedrich Schiller.

Victor não dormiu. Passou a noite em claro, imóvel, deitado no sofá. Tentava organizar tudo que acontecia, conectar as coisas, ou, ao menos, aceitá-las. Lembrava das visões que teve. Elas se tornavam mais claras, mais reais. Tudo que Anna dissera ter visto realmente havia acontecido. Victor se lembrou em detalhes de todas as cinco vezes que agiu como um estranho. Era como se estivesse enxergando uma realidade escondida sob as camadas da mente que não compreendemos.

Quando a manhã chegou, a televisão lhe trouxe novas peças para o quebra-cabeça de sua mente. O noticiário veio como um vento cortante no meio da tempestade.

Em todos os jornais só se falava sobre Messias. Ao ver as fotos dele e imagens na televisão, Victor murmurou:

– Natanael!

E começou a aceitar as conclusões a que havia chegado. Restava apenas confirmá-las.

CAPÍTULO 15

Usando a antiga credencial de jornalista, conseguiu ter uma breve conversa com o velho na penitenciária, Rubens Vigode.

Rubens aparentava estar mais são do que o próprio Victor. Falava calmamente, respondia racionalmente a todas as perguntas, agindo sem excessos.

No início da conversa, Victor tentou deixá-lo confortável, mostrou-se solidário e não fez nenhum comentário a respeito dos assassinatos. Por fim, quando os vinte minutos que tinha estavam perto de terminar, perguntou:

– Lembra-se quando nos vimos pela primeira vez? Quando me pediu ajuda para tirar algo de dentro da sua cabeça?

– A primeira vez que te vi? Lembro, desgraçado, são todos culpados!

– Culpados de quê?

– Do que virei, das mãos de morte. Tinha que morrer também! Todos devem morrer. – Disse Rubens forçando o pulso preso pelas algemas.

– Está me confundindo, nunca fiz nada contra você. Só quero saber o que sente, acho que sofro do mesmo mal. – Aproximou-se de Rubens e sussurrou:

– Sinto coisas estranhas, vejo realidades que não existem... ouço vozes...

Rubens se acalmou, inclinou-se para trás na cadeira. – E sem ser um mago como eu.

– O quê?

– Antes eu era diferente, tinha minha vida. Tudo acabou agora, culpa das invenções. Todos merecem morrer! – Rubens olhou para Victor com raiva e se levantou da cadeira. O carcereiro veio e o conduziu de volta para a cela.

Dois dias depois, o Dr. Martin Telles recebeu os resultados da tomografia de Victor. O psicólogo não se espantou com os resultados nem com os comentários do colega que realizou o exame. O equipamento de tomografia havia reagido de forma estranha, tiveram de repetir o exame três vezes, a máquina parecia ter algum problema, mas não conseguiram detectar nenhum. Perguntaram a Victor se ele tinha sofrido algum acidente recentemente ou tinha sido operado. Victor respondeu negativamente. As evidências, no entanto, eram outras. Telles olhava os resultados. Estava excitado, aquilo explicava muitas coisas, estava chegando mais perto de uma resposta.

Havia tentado entrar em contato com Victor várias vezes sem sucesso. Victor não atendia nenhuma de suas ligações, nunca voltou ao consultório. Estranhamente, fez a tomografia. *Por quê?* Telles se indagava. Estava querendo revelar algo?

Era final da tarde quando alguém bateu na porta do seu consultório. A secretária já tinha ido embora. Telles se aborreceu com as batidas. Gostava de reservar o fim dos dias para os estudos, e, após passar o dia inteiro ouvindo os seus pacientes, só queria a companhia dos livros.

Telles foi até a porta acreditando ser o vigia que toda semana batia na porta do seu escritório para pedir um cigarro.

Telles abriu a porta. – Quando vai parar com esse vício... Oh, Victor, é você? Achei que fosse o vigia, ele sempre vem me perturbar quando vê a luz do consultório acesa até mais tarde.

Victor empurrou a porta entreaberta e entrou na sala. Ele cheirava mal, suas roupas estavam gastas, sujas, os olhos inchados, a barba desgrenhada cobria parte do rosto. Tinha uma expressão que mesclava exaustão, ódio e, talvez, maldade. Parecia um animal selvagem que havia ficado muito tempo enjaulado.

Telles ficou preocupado. Apesar de ser psicólogo, passar o dia inteiro encorajando pessoas, lhes dando motivação e destruindo os seus medos com a lógica da razão, no fundo, era um covarde. Em casa, dormia com a luz acesa. Nunca conseguiu vencer os medos mais antigos, mais primitivos. Sabia remediar o mal dos outros, mas temia demais os seus próprios para encará-los.

– Tenho procurado você há muitos dias, já deixei milhares de recados no seu celular. Recebi os seus exames. Estou satisfeito que os tenha feito. – Disse Telles vacilante. No fundo, estava receoso com a presença de Victor, que agia de forma estranha.

– Claro. – Disse Victor. Passou por Telles, foi até a janela e ficou parado olhando o vazio deixado pela noite.

– Então, – disse o psicólogo – como tem passado?

Victor se virou, caminhou até ele, colocou a mão no ombro do psicólogo e disse em voz baixa:

– Vamos parar com essa conversa ridícula. Vamos ao que interessa. Fiz o exame apenas por querer ouvir de você a mesma conclusão a que cheguei.

– Como?

– Não estou para brincadeira. Sei que está me investigando, sou sua cobaia. Deve ter reunido informações o bastante para desvendar a verdade.

– Victor, vamos nos sentar...

– Você não conduz mais as conversas. Agora fazemos o que eu disser. – Enquanto falava, Victor pressionava o músculo trapézio do psicólogo, que fica no ombro próximo ao pescoço.

– Ai! Está me machucando!

– Pouco me importa. – Respondeu Victor. – O que os exames mostraram?

– Por favor, me solte. Isso é desnecessário.

– Fale logo. – Victor disse e o jogou no sofá. Puxou uma cadeira e ficou de frente para ele, olhando fixamente nos seus olhos. O psicólogo começou a falar:

– Fiquei muito espantado com o seu caso no início. A nossa primeira sessão de hipnose me deixou um pouco confuso, enquanto a segunda...

Victor se levantou da cadeira e a lançou no chão violentamente.

– Vamos ao que interessa!

O psicólogo, apavorado, continuou:

– Tudo bem. Quando pedi para fazer a tomografia não imaginava o que poderia revelar, foi uma sugestão apenas. Depois, à medida que colhi dados sobre o seu passado, descobri que usa uma identidade falsa, que seu nome não consta em nenhum arquivo anterior a 2002, e com ajuda de alguns amigos dentro da polícia, cheguei a uma teoria. No começo, duvidei. Aos poucos, no entanto, achei ser acertada. E o exame apenas confirmou: você foi uma vítima de um experimento da TNA. Existem minúsculos eletrodos implantados no seu cérebro.

Victor soltou uma gargalhada. – Seu otário, acha que é só isso? Isso é tudo que seus contatos e esse exame lhe dão? O que sabe sobre a TNA?

– Muito pouco, para ser sincero. Era uma empresa com pessoas infiltradas em núcleos de pesquisa e ensino, costumavam contratar os mais brilhantes pesquisadores da área de biociências. Muito antes da falência da empresa já se falava das suas experiências ilegais. Alguns a defendiam abertamente, pois achavam ser necessário, em nome do progresso e do bem-estar geral, realizar pesquisas que talvez parecessem imorais para alguns. Nunca tive opinião formada, concordava com os detratores e defensores em certos pontos.

– E como ligou a TNA a mim?

– Só fiz isso há poucas horas. Sabia que você tinha sido alvo de uma experiência, tinha muitas evidências para isso. Mas era impossível saber exatamente qual. Quando usei o computador para ampliar as imagens dos exames, notei que o formato dos eletrodos era curioso. Tinham a extremidade concêntrica, algo que era, segundo uma minoria de cientistas, mais adequado para captar a liberação de ondas elétricas emitidas para certos neurônios. O mais ardente defensor desta técnica era Tomas Urman. As ligações dele com a TNA são claras. Circulava no meio acadêmico em que a TNA o contratou exclusivamente para desenvolver um eletrodo desse tipo. Foi pura suposição, ainda que baseada na mais perfeita lógica.

– Homens da ciência se julgam além do bem e do mal, além das leis morais e dos valores da sociedade que os sustentam. Isso é o mais longe que chegou? Acha que sou uma vítima apenas, uma cobaia? – Victor perguntou enquanto se aproximava novamente do psicólogo. – E o que pensa de tudo isso?

– É fascinante... Quero dizer, apesar de ser um desrespeito para com os pacientes, as possibilidades do uso dos eletrodos são inimagináveis.

Victor pegou o psicólogo pelo pescoço e apertou, apertou. – Tudo pelo bem da ciência, não é? Você é um verme, um parasita. Estamos criando nossos próprios carrascos. Queria me usar também, fazer de mim a sua cobaia, queria que eu fosse o seu trampolim para o sucesso nesse mundinho acadêmico. – Victor apertava ainda mais o pescoço de Telles, que já estava vermelho, sofrendo para respirar. – Por favor, me solte. – Disse quase sem ar.

– Por quê? O que tenho a perder?

– E o que tem a ganhar?

– Prazer. Vingança. Posso descarregar em você todo o meu ódio por esses homens da ciência. Tenho pouco a perder, sabe, pois nem tenho mais controle sobre a minha vida, nem de mim mesmo ou do meu passado.

O psicólogo tentou se livrar, empurrar Victor, mas não era forte o bastante. As unhas de Victor começavam a furar a carne do pescoço dele.

– O que deveria acontecer com aqueles que torturam, mutilam e matam em nome da vaidade, do orgulho, da ambição? Claro que não é pelo bem da ciência que fazem isso, é para se tornarem conhecidos. – Victor disse e soltou o pescoço do psicólogo, que caiu no chão tossindo.

– Lembra, – Victor continuou num tom irônico – quando me falou que as coisas que *eu* dissesse iriam solucionar os meus problemas?

Ele olhou para o psicólogo ajoelhado no chão passando a mão sobre o pescoço ferido e berrou:

– Lembra?

– Sim, sim. – Respondeu o psicólogo.

– Aquilo foi interessante. Talvez esteja certo.

Victor desceu as escadas. Estava calmo, seus movimentos eram totalmente relaxados. Tinha, naquele instante, um ar satisfeito.

Naquela mesma noite, Victor foi atormentado por pesadelos repletos com uma sigla, três letras que faziam difícil negar a realidade. Pensamentos que não pareciam seus ocupavam a sua mente. A sigla TNA escondia o que mais temia, uma verdade que não podia suportar.

Atolado naquele estado lamentável, vagando entre momentos de lucidez que lhe traziam uma fantástica e aterrorizante verdade, e momentos de pura loucura, não sabia mais como agir.

Afogado num mar de confusão, resolveu num último gesto confrontar a terrível revelação. Era preciso terminar as investigações para assim encontrar o seu verdadeiro eu. Era inútil esperar. Era impossível adiar. Havia descoberto a verdade, só precisava de mais uma última confirmação, aquela que não deixaria qualquer espaço para dúvida.

Parou em frente a um casebre no subúrbio da cidade. Tocou a campainha duas vezes. Uma voz rouca veio de dentro da casa:

– Quem é?

Victor não respondeu. Girou a maçaneta e empurrou a porta.
– Uma velha senhora deveria se preocupar mais com a segurança.

– Esta velha aqui não tem muito para proteger. – Respondeu uma mulher. Tinha as feições secas, o corpo frágil, e afundava na larga poltrona na qual estava assentada.

A casa estava escura, cheirava a mofo, as janelas estavam tapadas por pesadas cortinas. O chão, coberto por poeira, rangia a cada passo.

– Quem é você? – Ela perguntou em meio à penumbra.

– Talvez precisemos de mais luz. – Victor disse. Foi até o interruptor e o acendeu. Uma luz amarelada iluminou um pouco o lugar. A mulher, apesar do abatimento, tinha postura altiva. Olhou fixamente para Victor como se tentasse reconhecer quem era.

– Então, Eugênia Constante, me reconhece agora? – Perguntou Victor.

– Oh, sim. Os velhos fantasmas saíram das sombras. Há poucos dias foi 039888, quero dizer, Natanael, agora, você.

– Sabe, – disse Victor – no início foi difícil aceitar, mesmo depois de ver a minha caligrafia naqueles documentos, de ver a foto, de todas as lembranças. Queria alguém para confirmar, até achei que o inútil do psicólogo iria me dar uma resposta. Tudo que ele descobriu foi que eu fui operado pela TNA. Que patético!

Eugênia franziu a testa em espanto. Tinha uma expressão curiosa. – Sei. Sua visita é surpreendente, ainda que não seja a primeira vez que algo assim acontece.

– Claro, nos vimos muitas e muitas vezes. Agora não é mais uma bem-sucedida cientista, está esquecida, isolada, abandonada por todos. Onde está aquela arrogância? A convicção de que poderia usar as pessoas como bem entendesse, destruindo a vida delas somente para atingir seus objetivos egoístas? Claro que não posso dizer muito, afinal, estava nisso tanto quanto você.

– O que quer dizer? – Perguntou Eugênia.

– Você ficou estúpida? – Victor gritou com raiva. Acalmou-se logo em seguida. – Sei da minha culpa, de tudo que fiz, mas pelo menos sofri e reconheci os nossos erros.

– Estou sem entender.

Victor parou, disse pausadamente:

– Qual é o seu jogo, Dra. Eugênia? Por que me olha com essa expressão cheia de dúvidas? Será que não estou sendo claro, não me reconhece? – Foi até ela, chegou o rosto bem perto do dela. – Olhe bem para mim, não me reconhece? Não vê que eu sou Adrian Loth!

Ambos permaneceram em silêncio pelos minutos que seguiram. Victor olhava ansioso para ela, tinha os músculos tensos, o ar parecia arrastar e rasgar a garganta cada vez que respirava. Eugênia cerrou os olhos levemente, como se meditando. Por fim, ela soltou uma risada e disse:

– Ah, esse é o novo rumo que as coisas tomaram. Fascinante, admito, apesar de um tanto quanto simplista. Transferência é algo muito estudado pela psicanálise, ainda que uma demonstração ao vivo seja sempre interessante.

– Por que continua jogando? Não pode mais esconder a verdade de mim. Sei que sou Adrian! Eu sou culpado, quase tanto quanto você. Eu trabalhei naquela clínica, operei as pessoas, desenvolvi os eletrodos, eu sou um monstro, não, fui, agora que sofri, ao menos paguei minha dívida. Sim, ao menos isso.

– Adrian está morto!

Victor a segurou pelos braços. – Estou? Olhe bem para minha cara! Olhe! Quer esconder a verdade de mim, só que já descobri tudo.

– Descobriu o quê?

– Toda a trama. Foi bem engenhosa. Demorei muito para entender. No início, achei que tinha sido só mais um paciente operado pela TNA. Depois de ver minha foto na internet, minha caligrafia em arquivos em Amir Ferres, percebi que eu não era um paciente normal, era o cientista Adrian Loth. Fui operado durante o projeto Anã Branca para ampliar as minhas capacidades mentais. A nova identidade foi um efeito colateral, uma forma de fugir ou combater a realidade que estava se abrindo diante dos meus olhos. Meu cérebro começou a bloquear todas as lembranças da operação e do pós-operatório. Mas agora me lembro de tudo. A operação foi um sucesso. Minhas capacidades sensoriais se ampliaram incrivelmente. Os primeiros dias foram de treinamento, era o momento de dominar os novos dons. Após dez dias, controlava as novas capacidades. Tinha uma memória incrível, meus cinco sentidos eram perfeitos, minha intuição espantava a todos, minha inteligência e capacidade criativa aumentavam a cada momento. Existem drogas que ampliam os sentidos, todos sabemos, mas elas têm um efeito limitado e afetam o raciocínio, os reflexos, e até mesmo a percepção temporal. O que eu estava vivenciando só seria comparado a uma mistura das mais variadas drogas sem nenhum efeito colateral até o momento. Logo não precisava mais das descargas dos eletrodos, meu cérebro aprendeu a realizar o trabalho deles. Então veio o lado mais ousado da experiência. Com base nos experimentos soviéticos, testaram minhas capacidades paranormais. Os primeiros testes foram inconclusivos. Antes de iniciarmos a segunda etapa, comecei a ter ataques de pânico. Via uma realidade diferente, repleta de formas desconhecidas, formações de espaço-tempo absurdas para os outros. Para escapar disso, desenvolvi uma personalidade paralela, Victor.

– Sim, repressão de memórias é algo clássico em psicologia. Desenvolvimento de novas personalidades pode ou não estar associado, sendo comum em tipos esquizofrênicos. – Eugênia comentou de maneira professoral.

– Cala a boca! – Victor gritou. – Só eu falo, só ouça! – Estava agitado, gesticulava, batia as mãos nas pernas, andava em círculos, às vezes emitia grunhidos. – Então comecei a perder a memória temporária. Conhecia pessoas e esquecia quem eram após alguns minutos. Minha mente queria me fazer esquecer o que a operação havia revelado. Na verdade, precisava esquecer para sobreviver. A identidade que surgia era o oposto de mim, era medíocre, deveria ter uma vida simples, ser pouco estudado e sem interesse por segredos mentais ou de ordem metafísica. Assim, poderia mais facilmente bloquear todas as lembranças da minha antiga vida ou da operação.

– E como viveu essa vida falsa por todos esses anos?

– Sei que tive a sua ajuda. Foi a TNA quem me forneceu documentos e diploma falsos, talvez tenha me conseguido o emprego no jornal, até mesmo Anna, sim, ela foi contratada para me espionar, passava relatórios diários das minhas atividades, como num acompanhamento médico. Só ela, além de vocês na TNA, sabiam da verdade. Foi por isso que ela pediu perdão a última vez que nos encontramos, foi isso.

– Por que faríamos isso?

– Perceberam que o melhor era deixar a nova personalidade se desenvolver. Como Adrian não tinha mais estrutura mental para aceitar o mundo que a operação tinha lhe revelado, talvez um novo indivíduo pudesse, aos poucos, lidar com a situação. Esse novo ser, Victor, seria uma cobaia, vocês poderiam controlar as descargas dos eletrodos e lentamente fazer as novas capacidades mentais dele despertarem, ao contrário do que fizeram comigo, que recebi enormes descargas desde o início. Ao mesmo tempo que a nova identidade era uma forma de me preservar, era uma segunda chance para os experimentos. Esse Victor era apenas uma ilusão, uma tentativa de me limitar dentro daquilo que chamamos de normal. A vida que vivi nos últimos anos foi uma fantasia, uma criação do meu inconsciente para impedir que os poderes da minha mente me levassem à autodestruição. Criar uma nova identidade, bloquear as memórias, foi uma forma de preservação. Tudo se encaixa. As memórias de Victor são uma mistura das originais, de Adrian, quero dizer, de mim. Lembro dos meus pais, da morte deles, pois a nova identidade não bloqueou as memórias mais fortes.

Victor estava excitado, falava como se estivesse diante de um grande tesouro. Uma alegria beirando o histerismo se apoderava dele.

– O único problema foi a falência da TNA. Os recursos para todas as pesquisas foram cortados. Ninguém mais poderia acompanhar o meu caso, fui abandonado vivendo dentro desta falsa identidade. Minha genialidade foi aprisionada nessa vida criada para Victor. Felizmente, as lembranças começaram a voltar, em especial quando vi o velho, Rubens Vigode, lembra-se dele? Ao vê-lo, as memórias reprimidas começaram a vazar. Como um chamado profundo, minha verdadeira voz queria novamente tomar conta de mim. Precisava voltar a ser eu mesmo. Foi conturbado, tudo se misturava, realidade e lembranças, as novas forças mentais começaram a despertar também, eu estava renascendo, e também estavam as minhas capacidades psíquicas. Essa é toda a verdade.

Eugênia sorriu. Deu uma gargalhada cheia de ironia e disse:

– Você sempre foi o mais fascinante. O mais ridículo também, inevitavelmente, mas ainda assim o objeto mais interessante. Nunca cansei de me deslumbrar com cada nova criação da sua mente. Poderia ter centrado em você todos os meus anos de estudos e ainda assim nunca seria capaz de prever a próxima criação da sua mente. O projeto Anã Branca, apesar de ter sido baseado em experimentos soviéticos na área de parapsicologia, ou psicobiofísica, não tinha apenas como objetivo desenvolver os supostos poderes mentais do ser humano. Apesar de Adrian acreditar fervorosamente que todos têm tais poderes, e existem muitas evidências confirmando tal ideia, não quis limitar nossas pesquisas a uma crença, por melhor embasada que fosse. O objetivo sempre foi explorar a mente ao máximo, ainda que grande ênfase tenha sido dada ao desenvolvimento de capacidades mentais, como poderes mediúnicos, telecinéticos, pirocinéticos e outros encontrados nos manuais de parapsicologia. Com a morte de Adrian...

– Sua estúpida, estou vivo! – Victor berrou e empurrou uma pequena estante que havia na sala. O móvel caiu com estrondo, pedaços de madeira se espatifaram e voaram pelos ares, o chão retumbou e a poeira que o cobria levantou. – Quer me enganar? Já descobri a verdade, não tem mais como esconder!

– Adrian foi assassinado a mando de Boris. Ele escapou por um triz das mãos de um assassino, Eziel Danu, um dos nossos pacientes. Aquilo, aliado à súbita revelação de que estava sendo enganado quanto ao projeto Anã Branca, o perturbou profundamente. Ele queria acabar com tudo, se vingar de Boris e, principalmente, de mim. Foi lamentável, tentamos falar com ele, acalmá-lo... foi uma pena, ele estava alterado demais. A reação de Boris foi fria e errada. Concordo que Adrian era um perigo, mas jamais gostaria de vê-lo ter um fim como aquele. Na mesma noite em que escapou da violência de Danu, pereceu nas mãos de Boris. Quanto a você, é apenas um experimento, jamais terá a grandeza, cultura ou inteligência de Adrian. Está tão perturbado, tão afastado da realidade que acha que a caligrafia de outra pessoa é a sua, que a foto de alguém tão diferente é você. Sua mente está se apoderando da realidade, manipulando-a para que o mundo externo se ajuste à sua loucura.

– Mentira! Eu descobri, fiz todas as ligações, cada peça do quebra-cabeça está perfeitamente encaixada. – Victor deu a volta pelo sofá. Suas mãos tremiam, estava ofegante, andava de um lado para o outro resmungando coisas sem coerência.

Eugênia sorriu discretamente. Estava se divertindo com os tormentos de Victor.

– Sua teoria é muito interessante, – ela disse – complexa e bem construída. Infelizmente, posso ver alguns erros. Você disse que uma pessoa foi contratada pela TNA para vigiá-lo.

– Sim, Anna!

– Por quanto tempo ela o vigiou?

– Até poucos meses atrás.

– Por que ela não o abandonou logo que a TNA faliu? Se ela estava recebendo para vigiá-lo, por que continuar com você?

– Sua burra, ela se apaixonou por Victor!

– Interessante.

– A última coisa que ela disse, foi: "Confie nos seus sentimentos. Tudo que houve entre nós no passado foi sincero, acredite em mim.

O que quer que aconteça, lembre-se: eu realmente te amei". Na hora, ignorei, depois liguei tudo. Ela pediu perdão, pois sabia que eu iria descobrir a verdade.

– Realmente uniu fragmentos dos mais variados acontecimentos para criar uma mirabolante nova realidade. A mente humana é um universo impossível de ser totalmente conhecido.

– Agora, – Victor disse – desative esses eletrodos na minha cabeça!

– Não creio que possamos fazer nada. Os eletrodos estão desativados há anos, o que gera as visões, sejam reais ou não, é a sua própria mente. Eles iniciaram o processo, hoje, são apenas componentes inúteis envoltos por tecido cerebral. Eles não funcionam mais.

– Tem que ter um jeito. Sei que tem, eu estava lá, operei várias pessoas, conheço tudo muito bem, só preciso lembrar. Toda a teoria que me salvará está aqui! – Disse apontando para a própria cabeça. – Só preciso resgatar isso. Preciso lembrar, preciso lembrar...

Victor sentou-se no sofá, curvou o corpo sobre os joelhos e continuou repetindo: – Preciso lembrar, tem vários eletrodos na minha cabeça, eles foram implantados... são alimentados por algum tipo de energia, claro, algo pequeno, como... a operação, deve ter alguma marca. – Passou a mão sobre o pescoço, ao redor da cabeça. – A técnica não deve deixar cicatrizes...

– Desista. Não há nada que possa fazer. Aceite as coisas como elas são.

– Não! – Victor bramiu. Encheu-se de fúria. – Não! Vou descobrir um jeito, sou um grande cientista, todos querem meus conhecimentos, posso revolucionar o mundo. Sim, tenho um futuro brilhante agora que sou eu mesmo novamente. Só preciso tirar isso da minha cabeça. Ou talvez... talvez os eletrodos me deem novamente capacidades inimagináveis. Poderei ter uma memória ilimitada, minha imaginação superará todas as criações da humanidade até agora, minha inteligência saltará para um reino em que a lógica mais complexa é banal, sim, poderei fazer tudo. Tenho que evitar os outros, sei que irão me perseguir, tenho que vigiar, agir na escuridão para que não me peguem. Vou ser caçado, mas quando dominar as capacidades abertas pelos eletrodos vou ser invencível... Só que você sabe demais, Eugênia.

Ao lado da poltrona, sobre uma pequena mesinha, havia um objeto de metal. Era o símbolo de Hermes, chamado caduceu, um bastão com duas serpentes dispostas em espirais ascendentes, simétricas e opostas, e com duas asas na sua extremidade superior. O símbolo da medicina, originário da Grécia. Victor o pegou, sentiu o peso do objeto, leu a inscrição em latim. Era um prêmio para cientistas que se destacaram por sua contribuição à ciência e por seus valores éticos incontestáveis.

– Eugênia, seria estúpido me arriscar. Quando eu sair por esta porta você entrará em contato com aqueles que me querem morto, não posso deixar você viver.

– Não tem nada o que temer. Ninguém está perseguindo você. – Disse Eugênia com uma leve apreensão.

– Isso é o que você quer que eu acredite. – Victor apertou o prêmio na mão. – Sua arrogância foi a sua ruína. Sempre achando que poderia controlar tudo, que ninguém poderia levantar a mão contra você. Sei que faz parte da conspiração contra mim.

– Não existe conspiração, você não é Adrian! Não seja estúpido.

– Conheço o seu plano, quer me desacreditar para assim poder salvar sua vida.

– Já disse que não tem o que temer. Você está doente, sofre de uma rara condição, isso é tudo.

Victor parou por um instante. Franziu a testa, encarou-a com uma expressão de dúvida.

– Em 1996, – continuou Eugênia – você foi internado numa clínica mantida pela TNA em Amir Ferres. Seu caso era raro. Adrian cuidou de você pessoalmente com enorme interesse. Naquele tempo, ele estudava as funções mais sutis reguladas pelo hipotálamo. Após seis meses, achou que você estava totalmente recuperado. Foi um erro tolo, precipitação de um jovem. Mas continuou a acompanhar você para certificar-se de que tudo estava indo bem. Ao ser contratado pela TNA, teve que se dedicar integralmente a um novo projeto e acreditava que seu acompanhamento poderia terminar. Cerca de quatro anos depois, no entanto, recebemos uma visita inusitada. Você veio até mim. Estava aterrorizado. Dizia-se perseguido pelo serviço secreto, pois o seu sangue tinha um coagulante anormal que poderia ser usado para espalhar a mais devastadora epidemia que a humanidade já vira. A paranoia era evidente, ainda maior do que quando foi internado pela primeira vez. O mais curioso era que você não atendia mais pelo seu antigo nome, nem mesmo reconhecia o próprio rosto no espelho. Em sua mente, você era um enviado e nós éramos cientistas designados para extrair a substância do sangue e criar um antídoto para a epidemia que poderia ser criada. Você, Ian Batiste, sofre de uma rara doença documentada apenas duas vezes nos anais científicos. Ela é similar à esquizofrenia. As diferenças, no entanto, são claras. As personalidades se desenvolvem cronologicamente, uma substitui a outra, apagando quase totalmente qualquer lembrança da vida anterior. A transição é sempre traumática. Quando você apareceu, sabia que não poderia perder a oportunidade. Assim, você foi operado no projeto Anã Branca. Realizamos exaustivos testes, sondas e exames tentando detectar qual região do cérebro era responsável por essa rara doença. Conhecendo a região, poderíamos induzir o comportamento dos neurônios. Mas os exames não revelaram nada. Seu cérebro era como o de uma pessoa normal. Por fim, iniciei testes de tentativa e erro. Implantamos inúmeros eletrodos e fomos verificando como o estímulo deles se relacionavam com a evolução da doença. Aquela parecia ser uma maneira de localizar a porção do seu cérebro responsável pela doença. O que nos impediu de prosseguir foi realmente a falência da TNA.

– E como escapei?

– Bem, na verdade foi algo conveniente. Apesar da doença, você era uma pessoa normal. Poderia viver normalmente por cinco, seis anos, ou até mais. A diferença é que após esse período, impossível de ser exatamente previsto, uma nova personalidade tomava conta e destruía a passada. Com todos os escândalos envolvendo a TNA, você representaria mais um processo contra nós. O mais conveniente foi deixar você ir.

O nome, outras memórias, um passado de dor vagando entre hospitais, os anos de infância no orfanato...

– Ian Batiste... – Victor murmurou.

– Sim, esse é o seu primeiro nome, sua personalidade inicial. A única da qual ainda retém algumas raras lembranças. As transformações ocorreram a partir dos 17 anos, e desde então nunca pararam. Pode parecer incrível, mas se pesquisar fundo nas suas memórias, ou se ao menos conhecesse um pouco dos mistérios da mente como eu conheço, não se espantaria. O mais interessante é que agora você pode se lembrar de fatos relacionados à sua vida anterior. Lembra-se de ter conhecido Adrian, alguns dos pacientes, como Natanael, lembra-se de mim, da TNA, de fragmentos da sua operação. Certamente os eletrodos tiveram alguma influência nisso tudo. Talvez, se tivéssemos tido mais tempo, poderíamos ter curado você.

– Não! Sou Adrian!

Num movimento rápido ele pegou o prêmio de medicina de Eugênia e acertou a cabeça dela. O golpe foi tão violento que Eugênia nem mesmo teve tempo de emitir um ruído. Logo sangue cobria todo o rosto, um enorme buraco estava aberto na testa. Em questão de segundos, o corpo estava sem vida.

– Sou Adrian Loth, conceituado cientista. Dizem que estou desaparecido, mas na verdade estou me escondendo. Antigos agentes da TNA me querem morto, pois possuo um segredo mortal. Desenvolvi um eletrodo menor que um grão de arroz que pode ser usado à distância para manipular as mais diversas emoções. Sou um homem perseguido. Preciso me esconder, mudar de rosto, assumir uma vida paralela.

Ele saiu do casebre, jogou a identidade e todos os documentos no esgoto. Cortou e pintou o cabelo, comprou roupas novas e um par de óculos escuros. Deveria se esconder. Em sua mente, o mundo o perseguia.

– Não vou deixar minhas pesquisas morrerem. Vou lutar até o fim, os eletrodos não cairão nas mãos de antigos agentes da TNA. Serão usados para o bem de toda a humanidade. Quando conseguir, todos se lembrarão de mim. Mas agora tenho que me esconder dos inimigos, aprender a dominar os eletrodos. Estão atrás de mim, é o momento de aguardar. Quando for a hora, irei me revelar.

Este livro foi composto
em ITC Berkeley Oldstyle Std
para a Editora Planeta
em julho de 2011